所有溫柔
都是你的隱喻

不朽——著

Serendipitous
Moments in Life

謝謝你
翻開這一頁溫柔。

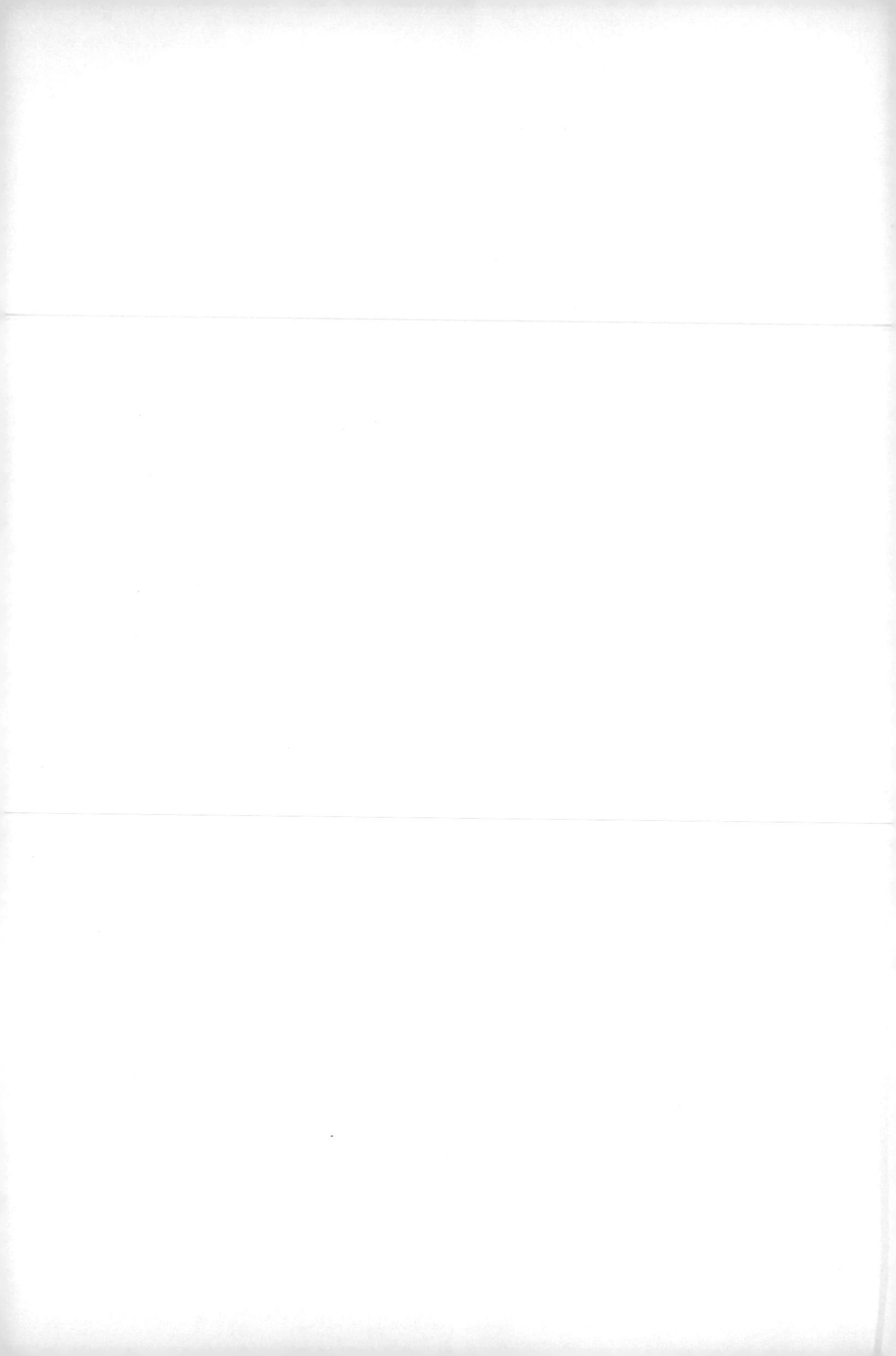

目次

Chapter 1 晴

Chapter 2 風

Chapter 3 雨

Chapter 4 雲

Chapter 5 你

Chapter 1

晴

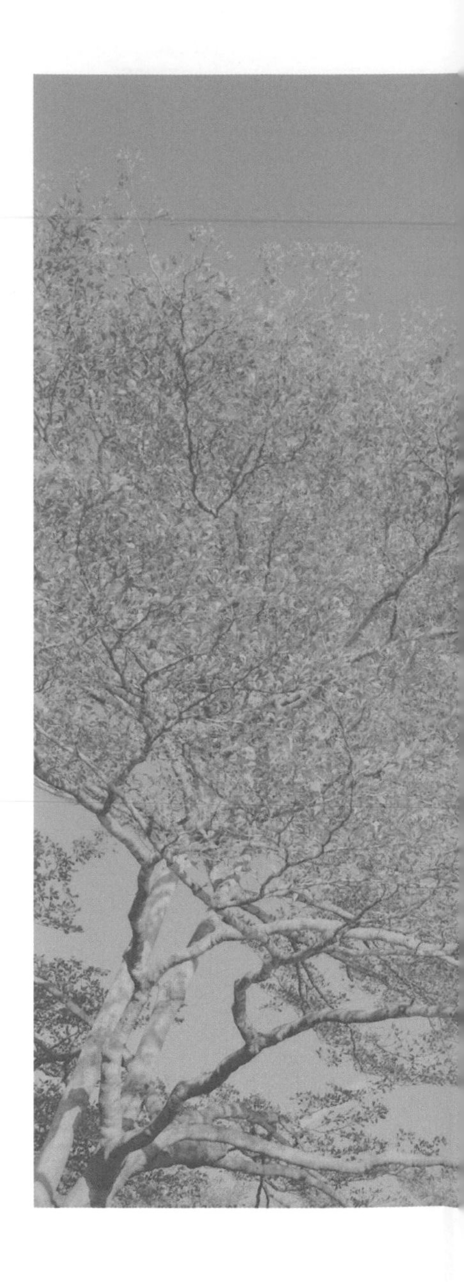

你一如往常地美好，
也一如既往地正在奔往美好。

送走了舊的日子，毫無防備地迎來新的日子。
總是有一個習慣，在一年的始端裡去回顧去年的自己。

每當這個時候，都會開始數算著一年裡的種種，傷心的日子或者開心快樂的一切，但越是計算到最後，越是發現，比起滿足，更多的是對自己的失望和埋怨。以前會覺得這真是一個很殘忍的舉動，到了最後，問題總是回歸到自己的身上。
任何一點的錯失都恍如對不起過往的歲月，有時候期待就是這麼一回事，一旦有了一點想法，就像是燃燒的火苗，只等待火光的湮滅。也一如既往地不喜歡自己，大部分的時間都用來和自己對峙，以為只要逃脫就能割捨那些壞掉的部分。
於是時間打馬而過，流過半盞光陰，我以為自己已經可以很好地一個人活在世界上。可是那些過往卻總是聲聲入耳，隱隱回聲，不辨朝夕地緊抓著我，所以我總是沒辦法往前走，因為我沒辦法放開所有從前，我還沒辦法和遺憾妥協，我還是介懷著那些舊傷。我還是那樣脆弱。
為什麼不能更多地努力，為什麼不能走得更遠，為什麼又被沉重的事拖住了腳步，為什麼，為什麼自己總是一成不變。許過的願，設立過的目標都像是信口開河的玩笑，為什麼，為什麼我還是如此不堪。

後來我才慢慢地懂得，原來期盼的意義從不在於最後是否能去摘到星星，而是在於仰望星辰的每個當下。我想也是，這些星星點點的期盼承載著過去一整年的自己，同時也充當了自己一整年的支柱。
想著，我還沒完成這些願望、還沒去到我想去的地方、還沒見到想念的人，或還沒成為嚮往的自己，我就感覺我還能更加努力地走向明天，還能活得更久一點。我想這就是期盼的全部意義。
原來計算我們好的單位，從來都不是達成了多少的成就，或是收穫了多少的成果。到最後，原來，是你對自己相信，對自己夠不夠滿足，對自己夠不夠努力而讓這一年變得美好。
儘管仍然有許多的不足，還有好多想去的地方，還有更多想完成的事，還有一些壞的部分要痊癒，但那些，過去做不到的，就留給明天。我們永遠都比自己想像中的擁有更多的明天要抵達。
所以，所以，就算不夠好又如何，因為還不夠好，因為還需要做得更多，所以才有了期待明天的勇氣。

我們來日方長，我們未來可期。
就在未來到來的時候，允許自己原諒所有過失，允許自己原諒所有揮霍。

也許過去你過很好，也許你也和我一樣好壞參半卻也滿足，也許更多地你在泥濘荒地裡徘徊。無論是哪一個你，壞掉的一部分就讓它們滯留在過去，然後一切歸零，零或許是一切的終結，但更多的是一切的種子，萬物的萌芽。

新的日子裡，我不想許太偉大的願望，只願歲月有所回顧，只願來日有所期盼，踏實地成為自己喜歡的樣子。

你要記得。

你一如往常地美好，也一如既往地正在奔往美好。

最初也是最後，許願你日日平安，朝朝歡喜。

押ボタン式

美好的事物留給願意相信的人。

「相信」真的是一個美好的詞。
不是純白之初，未見世間灰暗的美好，而是飛過人間草木，悄悄落足在心尖上的那種美好。
永遠為美好的那方傾注，也永遠試圖在無論多微小的縫隙裡尋找一點光。

小時候，沒有人教你相信明天，你還是會一如既往地奔赴。也沒有人教你努力，但你也一次次地拚命。相信好像是件不用強迫自己去做到的事。
只要你存在著，總帶著對於某些事物的相信，或者稱之為盼望。
是這些相信，是這些盼望，帶你走過如晦風雨，也帶你砥礪前行。

好像越是長大，就越是離那個「無條件相信」的階段越遠。
也許是某些失望的時刻，一顆真心從高空中猛地掉落，完好的期盼開始有了腐爛的缺口。又或許是某些蒼白的日子，未來像是遙遙無期的大海，你漂浮在海的中心，開始丟失了自己的航道。又又或許，在荒蕪的漆黑中，你就像失重的渺小塵埃，泯滅在沒有光的地方。
某一次走到了死蔭幽谷，覺得面前是高聳的牆，每一個窗口都被石頭堵得緊密，眼前只有一片昏盲。那是無人可及的巖層，你突然覺得，前面無路可走，後面也無路可退。
我們對於美好事物的相信，總是被這個世界一次又一次地消磨。
起初我們帶著最美好的願望和期盼，不斷地往前走，走進這個廣大而喧囂的世界中。我們開始遇見不同的人，經歷一些荒誕的事，收穫或失去一些珍貴的東西，然後輾轉流離，充滿相信和盼望的心臟被慢慢地損磨，一點一點地，破破爛爛，緩緩坍塌。
在撞壁的過程中，遇見了痛楚，於是你用盡了很多的方法，在走著晃著的過程中，努力地避免了踩到石頭的同時，忘了那些迎面而來的風景。

總有一些時候，你必須要說服自己往前。
願意相信是件很難的事，我們要走過那些傷痛的沼澤，要經歷疾風驟雨，你覺得自己無枝可依。當你從此不再把自己的心交出去，你以為你守護了自己，其實你只是在自己的荒蕪裡踱步，因為不想走出去，所以失去陽光照進來的機會。

一直覺得人一生的最可貴的溫柔是，原諒所有的事，再相信、再相信一次。

美好的事物也許並不少，只要你願意相信，足夠相信所有的影子背後會有強烈的光源，每個孤獨的黑夜都伴隨著黎明，閃耀的星辰彰顯在最暗的夜空裡。
只要你願意相信，總有一次期待不會落空。
而我們總是，在這個相信如願的過程中，把騰空的心臟填滿。
你知道的，只要有一點盼望，就足以支撐度過那漫長的頹唐。

曾經以為相信是讓我們看到結果，其實相信是讓我們擁有盼望。所以得不得到已經沒關係了。
重要的是，在最初的時候，我有了勇氣去找尋和期待美好事物的到來。

我知道很難，但也同樣很燦爛。
不斷地告訴自己，不能因為一點的暗就放棄了整個世界的光。不能因為一點悲傷，就沉浸在黑暗。對一些人的相信也是這樣的，我告訴自己你不能夠因爲遇上一個壞人而不相信其他人類，這樣對你以前生命裡遇上的其他好人都太不公平了。

前面有光，興許有路，但也都不要緊。我憑著一腔相信，就可以起程，往更遠的地方去。
那地方，有我想要的美好。

離開自己，
然後抵達更勇敢的自己。

離開有時候只是一瞬間的事。

我們總是在生命裡悄悄地和一些東西告別。
有時候與自己的意志無關，就像是知道有些東西沒辦法圓滿一樣，
在每段獨特的時光裡，或多或少都正在和某些人走上迥異的路。
也許說這個人，是某一個階段的某自己。

常常會想起那個自己。
是八月下旬熱得發燙的時節，拖著兩個笨重的行李箱，離開家裡。
在機場的時候和家人擁別，走的時候我甚至不敢回頭去看他們。我能感受到他們炙熱而悲傷的目光，我的身體微微地顫抖著，臉上的淚未曾停過。我轉身離他們而去，像是跟過去的自己告別那樣，那麼決絕，卻又那麼難捨，千絲萬縷的情緒在心裡爆發，步履不停地往著更遙遠的地方去，那一刻，心裡面好像做了些什麼決定。
以後，無論千軍萬馬抑或疾風驟雨，也都再也沒有人為你遮擋了。
那一刻的我，站在未來和過去的分隔線上，對著心裡的鏡面說：
「你要長大，你要堅強，你要勇敢，你要成為更好的自己。」

所有＿＿＿＿＿＿＿＿＿

那是五年前的我。

離開家，獨自一人踏上了一段離鄉背井的旅程，世界對於我來說是全新的，周遭的一切那麼地陌生。因為不知道世界確實的模樣，所以好高騖遠，想要成為一個偉大的人，卻總是在人潮擁擠中倉皇失措，處處碰壁。我的輪廓是那麼地堅硬和鋒利，於是與世界碰撞的時候，我卻又總是刺傷了自己。日子飛塵灼日，我仍舊聲色犬馬，往著更遠更高的地方飛去，也不怕墜落。那時的我，莽撞、輕狂又奮不顧身。

那是四年前的我。

世界從未止住觥籌交錯，色彩如此地斑斕，目奪神搖，人群中難辨真偽、難分善惡、難定好壞。走在五光十色的城市裡，我開始迷失了自己，找不到想要去的方向。原來、原來世界從來都不像我想像中的那麼美好，原來自己是那麼地渺小和脆弱，在那之前我對這個絢爛的世界充滿的所有盼望，都因為失望而落空。我慢慢變成一個面目可憎的人，藏在人群中那麼努力地生活卻無法溫暖自己，我開始討厭自己，為難自己。那時的我，軟弱、不堪、迷惘又混濁。

那是三年前的我。

車水馬龍的世界分秒不停，而我卻停滯在某一個斷層裡面，我找不著自己了，失去自己了，想要放棄自己了。我被困在比海還要深的地方，被悲傷綑住在潮濕的地方，任由自己在那裡濁臭和腐爛。沒有人能走進這個地方，而我被縛在漆黑的房間裡無法動彈，悲傷像是迅速散發的病毒，我擋無可擋，所有的夢和盼都被搗碎了。我像是斷裂出來的樹枝，無根可依，只能潰不成軍，只能破碎和撕裂。那時的我，絕望、憤恨且槁木死灰。

那是兩年前的我。

半盞光陰，時間從來沒有為誰停留過。在那個無人觸及到的地方，我不斷地問自己，這是你想要的自己嗎？抑或是誰逼迫你成為這樣的自己嗎？我竟無法回答。我忽然明白，這也許就是世界和生命的常態，我們的悲傷原來微不可聞，但短短一世，我想要成全自己。於是我從那濃墨鋪染的地方緩慢地爬了出來，走出了自己給自己的藩籬，收起了自己的稚拙和稜角，再次踏上這四海潮生的世界，努力去找一個舒適的狀態活著。那時的我，釋懷、看開、不爭朝夕。

那是一年前的我。

或許要經歷過沼澤才能更珍惜風光明媚的日子吧。我宛如從絕地裡重生，看著這朽木生花的世界，想著這或許就是世界本來的樣子，好的東西絕不比壞的東西多，但又如何呢，因為黑暗所以嚮往陽光，因為悲傷所以珍惜快樂，而在這條路迢遙遠的征途裡，誰都曾迷茫，誰都曾受傷，忽然想起那些從前的時候已經可以一笑而過，

而如若不曾經歷這些，我並不會懂得成長和勇敢。我感謝從前，感謝自己。那時的我，悍勇、柔軟，以及相信。

在台灣的幾年日子裡，無數次想要臨陣脫逃，無數次想要不顧一切，我都一遍又一遍地告訴自己，為了不要辜負過去的自己一路走過來花過的所有力氣和辛酸，你只能負重前行。世界是闊大的，沒有人可以為你定型，去成為你想要成為的人吧，你要相信，你可以。

離開過去的自己，經歷現在的自己，抵達未來的自己。
我們其實不知不覺每分每刻都在經過這三件事。

原來不遠離舊的自己，是永遠無法抵達更好的自己的。
因為離開了舊的自己，你才能跨越自己，才能遇上新的自己。這個新的自己，也許並不是像你想像中那麼美好，可能也會經歷挫敗和頹圮，但是你要相信，所有的曲折都是生命中的養分，也正正是因為經歷過每個樣貌的自己，好的、壞的、善良的、悲傷的、自私的、寬容的自己，你才能去選擇，自己最後想要的，是成為一個怎麼樣的人。

那麼現在的我呢？
站在時光的末處，遙遙回望這五年來的每一個自己，看著她們不同的模樣。五年前張揚的我，四年前脆弱的我，三年前破碎的我，兩年前釋懷的我，一年前重生的我，她們像是故事翻頁那樣一個個朝我招手，我們沒有告別，我們只是在改變。離開從前，與未來的自己相見。

這時我想要對那個五年前的女孩說：

「你真棒，謝謝你那麼勇敢，成就了今天的我。」

不要害怕萎靡，
你有自己的花期。

你像是一盒寶藏，永遠都有千變萬化的樣子。

從前我覺得自己是一個非常陽光和正面的人。
樂觀又無知，寧願相信世界永遠有一片淨土沒有被惡意污染，永遠明媚，也永遠轉盼流光。不是不能分辨世間仇惡，而是心懷感激且屈服於溫柔和勇敢。即便不能慷慨仗義到寧願赴死，卻也願意為某些美好的特質努力奮鬥。
在生活裡也許平凡得毫不起眼，可是自己也在盡著自己所能去對身邊的每一個人好。出於自身的天性也好，為了某些心安也罷，結果還願意努力地製造美好。

有時候卻也覺得自己是個無比醜惡不堪的人。
為了一件小事會生氣很久，脆弱得不堪一擊，碎成一地細碎的時候渾身上下都帶著刺，對於在乎的人更是想要用傷害對方來證實著對方對於自己的在乎。陰暗的想法總是暗自生長，有時候也期待一些壞事的發生，不甘、憤怒會在骨骼裡打轉，直到所有怨恨都發洩到對方身上。
對於一些不公義的事情，雖然心有戚戚然，有時也會自私一點，假裝著視而不見。盡可能撇清和自己的關係，更會拚命地用自負和驕氣來掩蓋著來自自身的不安、難堪和自卑。
總是無法坦蕩。

有時候我分辨不出來我是個什麼樣的人。
偶爾善良，偶爾悲傷，偶爾有點嚮往，也偶爾碎裂。偶爾尖銳，偶爾怨懟，所以有時偶爾覺得自己虛偽極了。偶爾找不到自己，偶爾厭惡這樣的自己。偶爾迷茫，偶爾失去方向，偶爾忘了要去哪方。
或許，總有一天，也會偶爾綻放，對吧。

生活總會有一些地方，哪怕只是瑣碎的地方，你是可以真真切切感受到溫柔的。
或者是誰早上幫同學多佔了一個位置，或者是出門剛好等來要搭的公車，或者是沒有霧霾的藍天，或許是你忽然想起很久以前看過的海以及從前躺過的草地，或者是還能幻想著明天的日子，又或者是那些關於永遠的夢想。
很碎，但也很滿。
雖然嘴上不停地說著這世上充滿著無可抑制的惡意，但也偶爾、偶爾會遇到溫暖的人。

每當那時候我就會想，我也要成為那樣，也要很努力去成為一個溫暖的人。即使不是一件容易的事，畢竟所有美好的事物都不是輕易而來的。

還沒明白溫柔的定義，卻在想起溫柔的時候，心變得如此致命的柔軟。
這會不會也是眾多溫柔中的一種。

像你。
快樂的你，悲傷的你，都在不同的時刻散發著不一樣的光。

你會墜落，也會飛揚。
你像是白天也像是黑夜。
你有時候放晴也有時候連下好幾天的驟雨。
你有笑得燦爛張揚像是八月豔陽的時候，也有哭得潰決悲傷像是冬日苦寒凜冽的時候。
在這片名為「你」的花田裡，你會有開出滿園子鮮豔的時候，也會有枯萎糜爛沒有一絲活力的時候。

有一天也會頹敗。
會暗啞，會失色，會腐爛成沒人著眼光顧的淤泥。
可你也終會綻放，在人間的悲歡季節，迎來自己的無數個晴天和獨一無二的氣候。

終究能夠等到屬於自己的花期。
你是鮮花，也可以是樸素的葉。你可以是為了收割花束而長途跋涉的人，也可以是悉心照料把花朵捧在手心的花匠。你可以狠心也可以溫柔，你可以風月旖旎，也能霜花如刻。
你是你自己的盛開。
你有世上所有的燦爛。

你是你自己。
你是美好。
你是你。

木屋町通り
Kiyamachi-dori
進入禁止

我們的生命總是不斷地向陽而生。

悲傷總是難以避免的。

儘管每天都會日升月沉，儘管潮漲潮退，但是悲傷總是會無可避免地到來，成為我們生命中榮枯迭替的存在。
所以我們總是以成為一個明亮的人為燈焰，總是想要快樂或者是讓大家看見明亮的模樣，以為只要把那些陰暗藏得夠深，就能抹去那些悲傷在我們心臟上塗漆的污痕。

最近讀到海德格爾的一句話，他提到了「向死而生」，在沒有看到解釋的時候，我對這個詞的感覺是，我們在向著死亡生存，我覺得這是一個悲傷的詞。然而海德格爾存在論的定義是：「向死而生的意義是：當你無限接近死亡，才能深深體會生的意義。」我忽然覺得心臟被沒來由地捶擊了一下，然後那些被我秘密地關起來的難受一瞬間傾盤而瀉，在所有堵在胸腔的傷心都逐一傾流出來後，我好像看到了某一處帶光的出口。

悲傷一定有著它存在的意義，我一直都是這麼想的。

我從不覺得自己是一個樂觀的人。怎麼說呢，如果你是透過網絡認識我，你會覺得我很正向，可能有時會覺得我很溫柔，更多的時候可以會扣上一個「心靈雞湯」這樣看似貶義的字。如果你是透過我的書認識我，你可能會覺得我稍微有點矯情，可能會覺得我文筆寫得不錯，可能會覺得我是個溫暖的人。如果你是透過現實認識我，你會發現我其實是一個極度負面又膽怯的女孩，甚至有時候那些負面情緒來的時候，連我自己都會唾棄自己。

我不覺得這有什麼不妥，畢竟承認自己的缺憾是件勇敢至極的事。

這讓我想起那一段我生病的日子，如今我已經很少很少跟別人提起我生病的事了，畢竟也不是什麼值得炫耀的事，但當然，這也不是什麼可恥的事。

每天都像是浸泡在沼澤死蔭之中，看著自己的身體一天一天地起膿發爛，睜開眼睛是轟然炸裂的頭痛。然後你想讓那些侵入腦袋裡的悲傷想法統統消失，但是你沒有辦法，你只能束手無措地任由它們肆虐，有時會堵住你的呼吸，有時會抹去你的心跳。你處於一個半夢不醒的狀態，你能感知所有東西，然後你無能為力去做些什麼。然後，然後是你會在上廁所時看見鏡子裡那張憔悴的臉，眼下那雙深色的黑眼圈，突出的顴骨，深陷的眼窩，偶爾泛白顫抖的嘴唇，乾澀脫皮的黃蠟皮膚，走在路上是沉重的步伐，身體有什麼東西被狠狠地拉扯著，你會覺得那不像是自己，那是誰，難看成這樣。
藥物會讓你頹圮，你終究變成一個廢人，被停滯在時光的某個角落裡，你想重拾自己但卻發現自己崩裂得不成形狀，你無從拾起那個意氣風發的自己了，你只能、只能看著自己被巨大而斑駁的悲傷瓦解，然後慢慢向死亡妥協。
你也不是那麼想死，你只是不怎麼想活。
這樣的狀態下的自己，我如今想起來都會想哭，不過是兩年前的事而已，一切都好像是那麼地遙遠，離那些亂七八糟的東西很遠很遠了，遠得我提筆寫下來的時候，都覺得是別人的故事。

今日的我好了嗎，我不能保證，我依然每天都吃著安眠藥品，依然和從前一樣，遇到了難過的事整個人就會分崩離析，也依然沒辦法好好地梳理自己，大多數都存在著悲傷和糾葛，遇到一丁點大的事情就會默默地蹲在原地很久，但這不等於，我不能夠擁有著嚮往快樂的權利。

第一本書是我生病時候寫的，我把《與自己和好如初》分成了兩部分，一個是白色的一個是黑色的，我說我把最好的自己和最壞的自己都安放在這裡，我說你們不要害怕悲傷，也不要抗拒快樂。第二本書《想把餘生的溫柔都給你》裡面我說，人生每個階段都會遇到許多的事情，好的壞的，但是你要記得，來日方長，請嚮往餘生。

我們都是向死而生的人，一天一天離死亡越來越近，一天一天能夠活在世上的日子逐漸減少，但我想在這個意義上，加上一個向陽而生的詞語。

不是因為我們的生命原本就足夠美好，而是我們總是嚮往著美好，而嚮往著美好的我們帶著這麼多的盼望，在生活裡兜兜轉轉，不代表我們從沒有遇到挫折或曲蜿，也不代表我們從沒見過黑暗或風霜，而是無論什麼時候，我們都向陽而生。

當你仔細一想，你就會發現這是多麼難能可貴的事。

那些說著很想死的人，每天每天花很大的力氣把自己從死亡的邊緣拉回來。

那些在深夜裡失眠的人，每天每天用盡了各種方法讓自己活得像個普通人。

那些靈魂生病的人，每天每天都用盡全力去抵抗排山倒海的悲傷和痛苦。

這些都是向陽而生的印記，是努力活著最好的證明。

我曾經寫過這麼一句話：「這個世界充滿著悲傷的隱喻。」

是的，每天都發生讓人難過的事，生病、意外、天災或是人禍，到處都有，多到有時候我不敢打開新聞或是網絡，四周總是充斥著怨氣和謾罵，我只會在那裡看見源源不斷的黑暗和悲傷。這個世界永遠不會變得更好，我也沒有能力讓它變得更好，我唯一能夠做得到的是，用心用力地活好每一天，像在深淵谷底縫隙中的那株向陽而生屹立不搖的植物。在每一個向死而生的日子裡，加倍地向陽而生。

因為活著不易，所以要更加生生珍惜。

總有一次期盼不落空，
總有一天脆弱有人懂。

1

他來的時候，我的世界還是一片灰色。

2

也許是之前在人潮裡步履不停的時候，被世界逐漸搗碎了屬於自己的顏色，於是我再也分辨不出來，朝我走來的那個人是好的顏色還是壞的顏色，是生命中的良人還是彼此傷害的人。
因為難以辨出來者的顏色，所以總是帶著期待。
期待他是草木枯梗的歸處，期待他是絕處逢生的窗口，期待他是替自己遮擋疾風驟雨的屋簷，又或許更多的，期待他是伸手把我從渾沌深海裡拉出來的人。
於是我還是，改不了那些壞習慣，總是會掉落進許多期待裡，也像是把自己的心臟打包送進很深的海域裡，音信杳無。
怎麼辦呢。
那些名為期待的信件，收不回來了。

Nagasakiya

3

不是說好了不再期待的嗎。
不是說好了不再受傷的嗎。

4

後來慢慢地，這些生命裡的過路人在我不經不意的時候，逐漸帶走了原本屬於我的顏色。
我終於歷經許多磨難，終於在每走一步路的時候學會踮腳而行，也終於學會鎖住那些湧然而出的期盼。我變得灰暗，變得沉穩，習慣把自己從人群裡切離開來，抑止所有的張狂和喜歡，用若無其事來磨礪掉一切傷害。
避免期望就能避免失望。
避免相遇就能避免失去。
避免夢想就能避免逞強。

以為這樣，自己就能保持晴朗。
然後走著走著，我不止沒能擺脫灰暗，更是流失掉所有晴朗。

5

也許所有美好都是遲慢的。
遇見他的時候，還是濕濡的雨季，滾滾滴滴的雨久落不下。燈光散渙微茫，他身後的一片黑暗，讓我又再一次分辨不出他的顏色。
他說，沒關係，我是來給予溫暖，而不是來索取溫暖的。

那一刻我望向他，像是拾獲到缺失以久的拼圖，抑或像是疏漏的心臟倒注入陽光般，在百轉千迴的路口，偶遇屬於我自己的美好。
原來，會有人來應答你的期盼。
會有人長途跋遠，只為了願你所願。

那時我才明白，我們這一輩子，會擁有很多的盼望，也會因為這樣而得來很多的失望，卻總是忘了，在某一次期盼實現時，自己臉上的雀躍表情。那種對著未來無限期許，連雙眼佔滿光磊的希望之時，心臟鏗鏗跳動，又哪怕大雨澆透身體，而或許，飛蛾在撲火時也有我們意想不到的浪漫和極致的快樂。
所以別怕。
別害怕遇見。
最重要的，也不是晴天還是雨天，是那些我們對於美好的期望和等待。

也許在那之前，你還要經歷許多的失望，許多次空洞裡的墜落，許多次聲色犬馬中的迷失，還有漫長的綿綿雨季。你可能會開始困住自己，開始收回很多期待，但是你一定不要忘記，一定有人落落寡歡地尋你多年，經歷著漫漫的孤寂，像你去尋他那樣尋找你，應答你所有對於明天的期盼。
你所有的脆弱在他面前都會無所遁形，他會一眼看穿你的逞強，在他面前所有失望都不值一提，在他面前你終於可以放心做自己。
你要勇敢，你要禁得起等待，你要相信，你要盼。

6

等我山高水遠去找你，好嗎。
我想陪你看晴空萬里。我想站在你的身後，給你力量，讓你成為自己的太陽。我想讓你成為我眼中的光芒。我想為你紀念所有，即使紙短情長。我想穿越時光擁抱你的黑暗。我想撫平你生活一切的褶皺。我想陪你抵抗世界的瘋狂。我想喜歡你所有的模樣。
所以你一定要等等我，等我找到你。

「等我如約而至」的意思，其實也是——
等你如約而至。

所有浪漫和美好的喜歡，
都與你有關。

1

先生，展信悅。

原諒我用這種笨拙的方式去與你說說話。我曾經覺得在這個科技發達、人潮湧動的世代裡，寫信是件多麼不切實際的事情。直到後來與你相識，我才明白到從前的古老人們為何總是鍾愛於書寫信件，畢竟一點一筆一墨都能傾瀉出濃郁的情感。又或者是我本不是一個善於把愛意說出口的人，所以借由紙墨，讓自己的心事有跡可尋。
這是你遠走的第二週，我竟覺得時間根本沒有在我身上起到任何的作用，像是所有的人時間都在走，而在我的時區裡，每分每秒都是那樣焦灼難熬。才過去一個禮拜，身旁缺了你的位置，那種孤獨和空洞前所未有地巨大，答應你不能哭的，可是沒多久我還是哭了，你必定覺得我很沒出息很懦弱，可是我又再一次明瞭到想念是把利刃，一不小心就會陷得太深。
你說的要堅強，我仍然在學習。你別見怪，無非是太過於念你了。

祝萬事勝意。
2017.09.19

2

先生，展信悅。

收到你的回信了，我把它擱在床頭重新翻閱了好幾回。你說沒關係，我們都在學習愛人，對的，所以要是以後有什麼難以啟齒的事情，我們就來寫信吧。
你那邊的天氣好嗎？台北的天氣仍然是病懨懨的，已經好幾天沒有見到藍天白雲了，空氣中的濕濡偶爾讓我喘不過氣來。想起你說，你喜歡下雨天，你又問我喜歡晴天還是雨天，我實在是沒辦法選出來，大概是因為，無論是晴天還是雨天，我喜歡有你的那些天吧。
所以未能見到你的日子，晴天和雨天我都不喜歡。
你還記得我們在一起的那天嗎？我跨越了一座城市去找你，本來下著一場滂沱大雨，後來一見到你雨就停了。我那時就覺得世界上最浪漫的事，莫過於同你一起看遍月亮墜落以及太陽浮亮，也看遍晴天張揚和雨天溯游。後來我們做到了。希望你在那邊的白天黑夜，晴天雨天裡，我們從前的美好都能為你燃亮一片星辰。

祝萬事勝意。
2017.10.02

3

先生，展信悅。

收到你的回信了，我把你的信件放在錢包裡，不知道為什麼就覺得心裡踏實，像是有個人在很遙遠的地方用意念守護著我。
今天和友人去東部看海，陽光灑在海面上刺眼得讓人無法忽視，我不禁在想，如果我能和你一起看這些美好，該有多好呢。於是我把那個地方悄悄寫進了口袋清單，下次我們再去吧，我收集了好多美好的風景想和你一同前往呢。
以前聽過這樣的理論，當你等待一件事情的時間越久，後來得到的快樂就會越多，我想就像是我想念你一樣吧。從此讓距離遞增我們之間的想念。我發現，當你在離我那麼遙遠的彼岸時，我在離你很邈遠的島嶼上，隔岸觀賞滿天的星火和月亮，好想要親口和你說一聲好想你，不管你是否聽得見。
我真的不會說情話，你看我又在胡言亂語了，其實把上面所有的話刪掉，我就只是想跟你說，我好想你啊。
等到下一次見你，我一定要把這些日子攢下的力氣都用來抱緊你。

祝萬事勝意。
2017.10.23

4

先生，展信悅。

今天在網路上看到一句非常浪漫的話：Love you to the moon and back.

是我愛你的一種另類的表達，指對一個人的愛，像地球和月球往返的距離一樣，非常遙遠。很浪漫吧？先不說我們能不能往返月球，知道愛情無法量化和具化，那我只能用世間俗物來比喻了，如恆河沙數，也如辰宿列張，可以傾洩萬里，也能信馬由韁。有點俗氣了，可是就想說給你聽。

今天在坐車的途中不斷地回想一整個綿長的曾經。從相遇、相識到相愛，像是一條綿延不絕的河流，一直從遙天的過去延伸到現在。我想這個世界上其實有一種很奇妙的魔法，我從前就很相信命運，上帝讓一些人來到了你的生命裡，都有他的作為也都有他的用處，所以那個時候我寫著：其實我們都沒有多走什麼歪路，每一個轉彎、每一個腳步都是我們應該會遇到的，也都是我們必須會遇上的。那一天，你說，如果我以前讀了那一所高中，後來就不會遇上你了，後來我們也就不會相愛。如果大學時沒有走某一條路也許後來也不會認識你。命運像是把緣分都洩盡，只為了讓誰遇上誰。

所以啊，我只能不要臉地說句，我們真的是命中注定啊，你不能反駁，誰都不能反駁。

祝萬事勝意。

2017.11.08

5

先生，展信悅。

有時候我覺得，我真的不是一個坦蕩的人。這一次遲了回信，是因為心裡仍然滿溢著許多不安。
和友人聊天時她無意之中說到異地戀沒有好結果，我生了一路的悶氣。我好憤怒，他們憑什麼用他們的認知來看待我和你之間的感情，當下的我卻沒能夠反駁。其實我自己在潛意識裡也在猜疑也在懼怕，或許有一天、我說或許，會不會像是他們口中所說的，真的就這樣漸行漸遠，我也好怕啊，可是我又想起你說的，我們何必在意別人有沒有結果，我和你之間的情感應該是由我們來努力，而並非別人一言一語來決定。
畢竟我們經歷了那麼多走到了這裡，都得要慢慢地成為更好的人才可以啊。我想我們在任何一個時段裡都在學習怎麼樣去愛別人或是怎麼樣被愛吧。有時候在哪裡碰了壁就得重新調整對的方向，有時候自己覺得對的事情也許對於對方來說並不是最好的，也許我們只是需要一點時間再慢慢地磨合，再慢慢地變得更好。你說對吧。
他們算什麼啊，我偏要和你一口氣深愛到入土。

祝萬事勝意。
2017.11.30

6

先生，展信悅。

收到你的信件，你說快要回來了，我那天開心得像個傻子，旁人都覺得我是撿到金塊了。
好多好多事想要和你一起做啊。下雨的話呢我們就窩在被子裡看經典浪漫的電影，睏了就一起酣睡到霞光漸沒。天氣晴朗的時候就去花開滿園的景點，穿上好看飄逸的裙子，讓你幫我拍照然後沖洗出來貼在溫馨的小家裡。夜裡我們去你最愛的夜市，穿梭在人群中讓你緊握我的手不放開，我們會吃遍那些充滿煙火味的食物，走過喧囂的人間鬧集。傷心的時候就放著從前的古老唱片，躺在你的懷裡瘋狂蹭擠，向你肆意索取更多的疼愛。
晨曦、曙光、星河、月亮、厚雲、陰雨、群鳥、白雪、潮汐、山河、夕照、花香、貓咪、軟毛、電影、紙香、舊書、飄絮、煙火、民謠、碎花、盛夏、冰川、香氛、米酒、鵝黃、薔薇、星座、唱片、美食、大海、晴空、稻田、櫻花、夜景、歌唱、微風……
世上還有好多浪漫和美好，每一種我能想像的人間理想，都歸向你。所有一切都要有你在場。你說好嗎？

祝萬事勝意。
2017.12.15

7

先生，明天見，餘生見。

2017.12.31

Chapter 2

颪

這場成長沒有歸途，
你只能繼續往前趕路。

你還記不記得，你當初望向這無窮浩繁的世界時，希望像是落日熔金般擺在面前，明亮的光芒無限延展開來，你帶著閃耀、豁亮、輕柔的神情奔向迢遙萬里的模樣。
你說你要用餘生的漫長，去闖、去四處流浪。
你說你不怕長大，也不必有人牽掛。
你說世界很大，要開出自己的花。

前一些日子寫了一段這樣的話：重要的不是這個世界有多大，那些都不是你的，只有你走了多遠的路，才是完完全全屬於你自己的禮物。成長也是，重要的不是世上有多美好或善良或強大或優秀的人，而是你自己，成為怎麼樣的人。
去到一個新的地方，就會離開那個舊的地方。和一些陌生人相遇，就和曾經同行的人告別。人和人的心從遠到近，又或許慢慢地從滾燙到冰冷，後來才發現，不過是人間的常態。
「要走了」這三個字在這幾年的歲月裡說了一次又一次。去台灣去韓國又去台灣又去香港又去台灣又去韓國又去香港，來來回回的。曾經也為了沒有一個屬於自己的地方而覺得迷惘，所以我才對哪裡都沒有歸屬感。畢竟我連自己，有時候都對自己沒有歸屬感。

該如何前往迢遠的未來，是我一直以來無時無刻都在思考的事。
可是，總是沒有答案的，花很多的時間去了解生命路途的遙遠和複雜，然後花更多的時間去接受這樣的迷糊和複雜，然後當我回過神來，未來就已經赤裸地擺在自己面前了。
只能這麼去相信了，經歷的路途，都是生命的禮物。

北京是我生活的第四個城市。
離開家的第七年，一切都已司空見慣。在離開台北的時候，沒花多少時間和好友告別，她替我提著行李，走到入關口，我和她說：「不准不捨得，你要記得，我們一定會再見面的。」她說好，我平靜地揮揮手，就提著大包小包地走了進去，沒有回頭，像極了利索的大人模樣。
然後，居然開始覺得熟練了。
世上的好多事情都是只要經過練習，就能夠適應和習慣的。

花一點時間來懷念。
在成為大人之前，在還盼望著長大，還不曉得距離和時間是何物的時候，就要離開家到台北念書。看著日曆上被紅色馬克筆重重地畫起來的圈圈，日子一天一天靠近，如同本來從遠處看著一座蜿蜒壯觀的高山，一下子搬動到自己的面前，於是開始懼怕著面前的廣巨和宏大。
然而已經沒有轉圜的餘地了，從此以後，你必須邁步走向奔碌。
父母親來送機的時候，走向關口時我加快了自己的腳步，花了好大的力氣才忍住了回頭的衝動。不可以，不可以回頭，好不容易才能留給他們一個燦爛的笑容和瀟灑的背影，不能夠因為一些不捨就一直擁滯在往昔。這與你的憧憬相悖，你要捨棄所有沉吟未決，你要甘願灑脫，櫛風沐雨砥礪前行。
過了海關之後，蹲在機場商店街的一旁哭泣，那裡已經再也看不到關外的他們了。我不知道是什麼讓我那麼難受，我從來都不是一個懦弱的人啊，我不怕面對那些明日未知的困境，卻害怕著親愛的人朝自己投遞來心疼擔心的眼神。
身旁的人都露出異樣的眼光，有個人拿著衛生紙蹲下來問我：「你還好嗎？」
胸腔像被人狠狠地揪住一樣，起伏不平，我被淚水嗆到說不出一句話，當時我明白，每個人長大的瞬間都不一樣，而你不會知道，某些人某些瞬間的成長是多麼地殘忍。

我們好像總是這樣，能夠獨自面對千軍萬馬、雷霆萬鈞，可是卻抵不過別人一句溫柔的問候和關心。
這麼想，這麼多年來，我哭得最狼狽的時候，竟然不是在多不勝數的旅行裡獨自扛著沉重的行李被人騙光了錢，或者是丟了重要的東西焦灼地四處奔波尋找，又或者是異地打工被老闆欺負的那些難熬時刻，而是來自遠方的電話裡頭一句輕聲的「你過得好嗎？」，而哭得稀里嘩啦，摀著電話哭得不成樣子。

不好，不好，我過得不好。好多艱難的時刻裡我都想回家，我想放棄一切回到我最熟悉的地方，開口閉口都是對於這個世界的控訴和埋怨。我想說我一點都不成熟，我還只是一個小孩，受到委屈就想大吼大叫。

他們說，只有哭的小孩才會常有糖吃，我的生活裡已經好久沒有人獎勵我糖果了。

每天為了成為一個像樣的大人邊走邊學習如何和困難相處，可是為什麼我沒有說不的權利，我並不想成為大人，並不想面對痛苦。

我好累，我真的好累。

可是啊，小孩通往大人的路上，沒有返程的，對不對。

我沒辦法活回任性的年紀了對不對。

不是所有的路都有歸途，成長這條路更是沒有。

時間也是，人生也是，長大也是，這些都是單向的軌道，你只能一天一天被推向明天，離從前越來越遠。

吶，在你面前的幹練世故，是我用好多好多委屈和磨練換來的。

後來就再也沒有暑假，沒有夏天的枝椏，茁壯的大樹不會再重新發芽。

已經不再是第一次出走的我，沒有掉眼淚，臉上有了從容得體的豁達，想說的話不必如鯁在喉，已經可以輕柔地道出，遇上問題的時候也懂得傷心難過失落對一切都沒有幫助，會靜下來尋找可行的解決方法。

偶爾回頭看看過去的自己，也會覺得在機場哭泣不停的自己十分可愛和動人，於是悄悄地把記憶封存，待自己不那麼可愛的時候拿出來提醒自己的純真。
終於接受了自己世故，和想像中的現實有些許差別，但又有什麼關係。在與生活衝撞發出隱隱回聲的過程中，總有一天歲月會把我磨淬成溫潤的樣子。

這條路途一直沒有盡頭。
你再也沒有歸途了，也許已經看過良辰美景，也許還在等待著光風霽月，漫長的人生你永遠只能奔赴，只能勇往，只能風雨兼程地闖。
所以，對於離開、對於成長，別難過。總要離開的，你不可能永遠在同一個地方；總要成長的，你不可能永遠年輕；總要告別的，你不可能永遠停留。一定有的，可能不再相遇了，也可能會重逢，無可預知。
所以，別難過了，誰都要離開過往的，你也不例外。

你走過的路
都會變成未來的祝福。

你不知道我花了多少力氣，才能走到這裡。

從前的日子回想起來像帶著柔光效果的膠片，任何事情都已經被磨去了尖銳，就連曾經瘮人的回憶都變得柔和起來，沉澱成海流深處的頑石，凝固在心裡的某一個角落，成為身體無可或缺的一部分。

人生有時候真的像是一個風塵僕僕、逾山越海的過程。
我也算是半個旅人，出走的次數不比歸來的次數少，終於稍微明白了世界的春生秋長，卻也正在奔赴山河萬里。見過花滿枝椏的絕美，也肯定了解到美好的相對，同樣存在著許多的哀鴻遍野，那些都是一個必然的經過。於是我們只能經過，經過所有的日和風清或是霧暗雲深，然後再帶著從前的記憶奔向更遼遠的地方。

我永遠不會忘記那時候的自己。
與這個世界連接的橋梁決然斷裂，我是被懸在半空中的孤獨，那裡壓根無人問津，是屬於我自己一個人的極地戰場。終究還是不能視死如歸，所以拚命地掙扎，想要逃出那些無邊寬曠的黑暗，可是又一次次掉入暗鬱裡頭，一次次被痛苦沖刷得筋疲力盡。
後來我一次次在想，我是為了什麼又走到了那些陰晦的森林裡。

總是要有原因的，對不對。

是為了誰又獻出了通透的自己，然後被斷然地打碎。我像是萎落的薔薇，重拾不了鮮豔，彷彿已經是美好過了的煙花，再也查無此美好。
又或者是為了那些像蜜糖一樣誘人的稱讚，一步一步為了成為「更好」而爬到了高處，走了一路能夠收穫許多讚美，然而千萬句甜美裡卻沒有一句屬於自己心底發出的對於自己的讚美。在討好所有人的過程裡，到頭來卻沒能討好自己。
或許是一些回憶、一些累贅的傷痕，在自己的肩上一天比一天來得沉重徹骨。自己憋狠的表情、緊迫充血的雙眸裡沒有一絲想要放過自己的意願，如同雙腳已經習慣細碎砂石的磨耗，於是漸漸地發覺到你是你困住自己最大的藉口。
或許是某天忽然望向遠方，覺得未來是個巨大又空蕩的窟洞，並沒有所謂的前程似錦、萬事勝意，只有忍受、接受、承受著深長而瑰大的明天來臨，像是走一條沒有出口的路，想像不到哪裡會突然深陷、哪裡會突然掉落，每一步都走得心驚膽跳，然後終於再也給不出期盼。後知後覺發現原來失去了所有期盼比痛苦來得更加慘烈。
肯定是痛苦，或許更是超越了痛苦。

前一陣子，有些學生在講座的時候問了我一個問題：你覺得人生的哪一個階段對於你來說最深刻？

短短幾秒鐘的時間裡，腦海裡閃過千千萬萬瑣碎的想法，有關於華麗夢想的，也有關於成就達成的，當然也有一些虛榮和讚美，這無一不讓人心動。畢竟一路走來，「歸來仍是少年」這一句只能算是一種期許，我們終究都會是滿身煙火氣。可是最後我沒有回答這些，我說的是：我生病的時候，人生最低潮的時候。

回想起來更是慘不忍睹，像是帶著病毒的傳染者，自己把自己從人群裡隔離開來。明明每一天太陽都會升起，可是整個世界卻失去了光澤；明明擁有的很多，可是卻丟失了最最基本的，自己；明明還有很多明天，可是卻不再相信自己有辦法可以抵達。

這樣想起來，那時的自己，確實腐爛得潰不成形。

可是也有獲得。

或許比想像中得到的更多。

正正是因為徹底地斷絕了和整個世界、所有人群、一切聲響的聯繫，我才能回歸到自己本身。你看看啊，你原本是什麼樣子，你感受看看啊，你所有的喜歡和厭惡，你說啊，你不是沒關係，你不是無所謂，你去做啊，撇開所有的虛偽去成為你自己。

因為那樣我才能更加明白，原來我的一生都不在於如何成為優秀的人，而是在於成為我自己。

歲月的皺褶又翻覆了一層。

那些破裂的皮肉久經歲月，重新長出了新的皮膚來，而某些傷痛的痕跡通過時間的更換和殆盡，僅僅以一些所謂記憶的形式，虛渺地存留著，不知道什麼時候被更新的記憶淘汰。
如果只是把它們從漫長的人生路途中截取出來，加以放大，每一個瞬間都那麼難熬，都令人垂淚。
可是倘若把它們歸回漫長旅途之中，就會發現它們其實也並不是那麼顯眼發亮。

蜿蜒的路就不美好了嗎？
最多只能說，每一個階段的自己都有不同的樣子。
每一趟旅程會見到的風景不同，總會有快樂的時候，也理所當然會遇見悲傷。你能有所獲得的時候，就得接受失去。這就是長長的征途中驚喜的事情。
去到一個新的地方，就會離開那個舊的地方，和一些陌生人相遇。人和人的心從遠到近，又或許慢慢地從滾燙到冰冷，後來才發現，不過是人間的常態。
重要的不是這個世界有多大，那些都不是你的，只有你走了多遠的路，才是完完全全屬於你自己的禮物。所以不要想要世界有多大，也不要害怕走遠，有些事情要去走了才會去懂得。

受過的傷讓你更加堅強，就像是別緻的徽章。
於是我們每個人都因此長成獨特的人，有的沉穩、有的銳利、有的滿身傷痕卻也無法憎恨，四處流浪，但也不卑不亢。
所以不要自卑，不要看輕你的傷，它們美麗得像花朵盛開在懸壁上。

是那些你走過的路，成為你的特別，
成為你往後人生裡最美好的祝福。

會有新的夢想帶你前行，
你要相信自己。

在二十二歲實現了自己出書的夢想之時，不安總是比快樂來得更加兇猛。

兌現了對自己的承諾，無來由地，像是走到一條路的盡頭，望著身旁的路燈隨著自己徐徐的腳步一盞一盞地燃亮起來，然後到了盡頭的時候，忽然看不見前方有任何的路燈。第一個想法，竟然是「怎麼辦我再也沒有更前面的路可以走了」，而不是「哇我居然走完了一條路」。
於是，我拚命要用更遙遠的目標來證明自己的征途漫漫，證明自己還不需要歸途，證明自己還有滿天星辰要摘，所以我得跑，朝著那些熱望去。
去更遠的地方吧。
達成更了不起的事情吧。
擁有更珍貴的回憶吧。

後來我去了好多地方，揹著行囊不停地奔往，和一些人深刻地擁抱，也試過被愛恨滾燙生命。終於還是停在了某一個清晨，被窩裡是頹然的我，有一刻竟然看不清明天長什麼樣子，只有一片茫然杵在面前。忽然就不想睜開眼，假裝明天漫長而巨大，而那一刻的自己渺小如沙蟻，以為這樣就可以安然自若地面對一切。
可是，不行的，總是不行的。
明天一分不差地抵達，我遺落了我想要做的事情。

我開始不知道，所謂「達成」是件好事還是壞事。
結束一段旅程之時，總是伴隨著對於未來巨大的恐懼，有時候漫無目的比屢屢受挫更加痛苦。
好像總是會有這樣的時刻，想到以後的日子卻只有殘白的影像，我好像做到了些什麼，但卻好像沒了些什麼。沒了目標的自己，已經達到某一些成就的自己，該往什麼方向走呢？那條一直拉著我前進的繩纜已經完成了它的任務，我沒了那個驅使我往前的力量，像是沒有了依靠，只能停留在原地，隨著時間越發懷念努力奮鬥的自己。
考研後的一陣子，我經常跟朋友說，我沒什麼遺憾了，目前為止我想要做的事情，我都做到了，我再也找不到其他的意義，可是生活在往前，我像是失重一樣，不知道往哪裡飄流。
她說，難道，「尋找」就不能成為你新的夢想嗎？

二十五歲了，十二歲時脫口而出說想要成為作家的夢想已經插上「達成」的旗幟了。走走停停寫了四本書，寫得不怎麼樣，卻也在漸漸沒人願意看書的時代裡努力地寫著文字，記錄著生命裡的深刻。曾經想讀中文系的夢想後來也實現了，想去韓國交換學生也去了，想學韓文也學會了，去年也考到了想要讀的研究所。看到過讓人流淚的漫天星辰，也到海邊的盡頭聽過風越潮聲。受上天的眷顧幸運地和偶像見面和說話。太多太多的達成，卻甚少甚少的尋找。
把人生的清單一個一個勾消之後，剩下沒幾個了，我所說的新的夢想，會不會找到我還不知道，只是那樣相信著，就能繼續往著沒有盡頭的遠方前進吧。
那麼在找到之前，把「尋找」當作是一個願望。
寄託給往後漫長的餘生。

一定會有這樣的時候的，不知道往哪走也不知道可以怎麼辦，但是你一定要記得，我們會擁有很多不同的夢想。徘徊是為了抵達，迷惘是為了確定，所以，別怕、別怕，總會有新的盼望、新的夢想，你只管前行，帶著一路攢來的勇氣。
希望我們都是，在一切都不安定的時候，首先選擇相信自己。

この窓はあけられません

有些燦爛，
你只能親自抵達。

有些燦爛，你只能親自抵達。

還記得好久以前的我，對於海並不是那麼執著。
也許是到不了遠方，所以只能著眼在面前的東西，像是一些青春裡的煩惱或者是關於未來那些幼稚卻美好的想法。那個時候我眼裡的世界，不需要那些自然的風光景致。我還有大大的夢想可作，還有漫長的日子可盼，對於過往沒有絲毫遲欠。所以我甚少抬望天空，鮮有遙盼大海。這些都是外界來的東西，我不需要，我靠一腔孤勇就可以走到很遠的以後。
可是，可是如今。

走到了很遠的以後，一路乘風破浪，卻也深沉大海，慢慢在輾轉的跌撞裡耗盡了孤勇和熱望。我開始不再期待明天，也不再相信那些美好的發生。
我不再相信那些夢想可以抵達，所以我不再作夢了，不再奮勇地往前走。現在已經一身煙火氣，開始沾染著風霜雪，那種入世未深的盛銳，早已經不在自己身上了。
終究是見過海市蜃樓的墮落，再也不想要花香浮氣。
反而。

需要一些給我勇氣的東西。
需要一些承載我的絕望的東西。
需要一些一直一直存在著不會輕易改變的東西。

天空和大海一直都在。
晴天和雨天也是，春夏秋冬也是，是因為眼前有了更美好的東西，
所以才逐漸看不見那些原有的美好。
後來的一切都樹倒根摧的時候，才知道竟沒能留住一些什麼。

鎌倉高校駅前
Kamakura koko Sta.

沒關係吧，都沒關係吧。
留不住也有留不住的意義。
一直都總是愚固地想要用些表面的東西去留住一些深刻，文字也好、照片也好、某一首歌的歌詞也好、一些票根、一些話語，什麼都好，想要鎖住某一個時光裡的自己，想要鎖住某些美好，甚至執拗地想要留住某一些人。
然而，就在那年夏天偶然在墾丁的大草原上看見銀河，拿起手機想要拍下一些燦爛的時候，發亮的螢幕裡卻只有一片黑。或者是某次月圓，想要記錄下月亮的盈缺，你能拍到的不過是一團模糊的白暈。總是沒辦法，有些事情永遠只能經歷，而不能留住。
你永遠只能在那個當下，用熱淚盈眶的感受，去記住。
你只能任由記憶被時間慢慢淘汰，只能狠狠地叫自己，要記得，無論如何，不能忘。
不能忘了你見過的美好，它們是你努力的嚮往。不能忘了你傷心的原因，它們是你走過的印記。不能忘了自己身上的光，它們是你存在的原因。

我不能告訴你，海有多美。你要親自去看。
我不能告訴你，我在看著滿天銀河的時候，默默流下眼淚的感受。你要自己去經歷。
我不能告訴你，好好活著是需要怎麼去做。你要親自努力。

我曾經許願要熱愛世界，但我覺得即使不熱愛也無妨。我們不過只是一程旅人，何必那麼在意所有的目的。

明天我還是要起程，將來也還是要抵達更多無以量計的未知，或許也還是沒辦法離這個世界更近，又或許我還是沒辦法拾獲自己，但是沒關係，一切都是你自己決定。

記於二〇二〇年一月十三日鎌倉的海。
聽朋友說鎌倉的海像是一個永遠只有夏天的海。我覺得這好浪漫，那麼是不是意味著，每一次只要我想夏天的時候去鎌倉，就能夠永遠抓住那一年的夏天。

活成一座孤島，
也有屬於自己的美好。

1

我們一輩子都在尋找自己的光和熱。

2

九月，我的旅居生活開始了。

對於流浪這件事並不陌生，已經可以說是熟練的程度，就當作是生命不同階段的一個形式。

如同一個手握鮮花怒火、清風修竹的仗劍少年一身是膽走天涯，你不能鵠立而盼，你要行進世界的洪流之中，去看風信和花時的生長。要與萬丈星燭擦身而過，坐看沌重世間的風起雲湧和悲歡離合，日暮荒野卻走馬高歌。

在陌生的城市落地，拉拖著三十幾公斤的行李和一把古典吉他，揹負的是一些對於未來的圓滿期許。心裡默念了幾遍「要勇敢」，走進壅塞的人群裡，每個人都用自己星速的腳步奔往匆忙的人生，自己就好像一只錯致的棋子落在生疏的棋盤上，以後走的每一步棋都是素履之往。

一切都是需要練習的。
不像是河水溯洄大海那麼簡單，也不是什麼與生俱來的機能，必須要去闖，不辭萬里地奔往。
沒有人在伊始的時候就能得心應手，那些游刃有餘的熟練和自信，都是來自反覆的跌撞和擦傷而來活生生的教訓。當日你咬牙切齒的心痛和不甘，使得後來你歸返時揮灑自如地豁達和勇敢。

3

一切都是全新的。
短短的兩天之內，跑了八間的房屋仲介。在去學校報到之前，連半個朋友都不認識，只能硬著頭皮自己打電話聯繫，不斷舟車勞頓地看房子。那天回到民宿，發現穿著運動鞋居然也能起水泡，打開手機程式查看一下今天走了多少步，是平常的六倍。
那天晚上躺在陌生的床上，忽然有點睡不著，看著那堆雜亂的行李散落在地板上，想著不知道什麼時候能夠住在屬於自己的房間裡看電影。
終於好不容易找到合適的房子，簽約交房的那天，來不及去買床單和床套，就在什麼都沒有的雙人床上，用自己最厚的一件外套捲起來當枕頭，自己蜷著身軀半夢半醒地睡了過去。

第二天醒來的時候才發現，昨夜自己的眼淚悄悄地從臉頰滑落，臉上還有著乾涸的淚痕。

獨居生活開始了。
一直覺得自己不是一個會打掃和整理的人，可是沒有辦法。到超級市場逛了一圈，比對著不同品牌的價格，介意著從前毫不在乎的幾塊錢。氣喘吁吁地提著大包小包回到新家，終於開始打掃了。在來來回回清潔的過程中想起了以前在家裡每天都打掃的母親，垂頭喪氣地坐在地板上，有汗水悄悄地滴落，休息了五分鐘後再次起身努力打掃。
一眨眼就天黑了，想起還有一些地方沒清潔完。為自己叫了一份外賣，坐在空蕩蕩的房子裡看著電腦的影片吃飯。第一次覺得沒有別人的房間可以那麼安靜，靜謐得想往外逃。忽然又想起以前也曾經嫌棄過母親一天到晚都開著電視，厭煩地抱怨過電視裡的聲音好吵。轉眼間，心裡卻渴望著電視的聲音可以大一些，大到掩蓋所有寂寞的聲響。

沒有誰了。
我的生活只剩下我自己了。
往後你只能徑自追趕明月，如花期自開自落。你要對自己負責，你要照顧好自己的生活，這是屬於你一個人的成長，與他人無關。

4

在蒼白得空洞的時光裡，獨處是件需要練習的事。
一個人上課，一個人吃飯，一個人到咖啡廳，無人所伴。
一個人失眠，一個人寫詩，一個人春生夏長，秋收冬藏。
一個人旅行，一個人觀月，一個人勇往直前，練習果斷。
一個人努力，一個人悲傷，一個人沉溺理想，尋找光亮。

也不是非要誰的陪伴，才能算是圓滿，反而在這條沒有人的路途上，我能找到自己的喜歡，也能找到自己的寬廣。
最後發現，人是沒有孤獨不孤獨之分的，只有怕不怕孤獨之分。
差別是在於四下無人的時候是渴望誰的光顧，還是晚風漸息時獨自熱鬧。
想吃的東西就去吃，想去的遠方就就地起程，想念的人就親口訴說，你想說的事，都能夠等得到自己的回應。你是情有獨鍾的主人公，你能接得住自己的兵荒馬亂，也能放得下所有多愁善感。你終究發現你生命中最珍貴的東西，不是絢爛花海，不是辰星燈火，是你在市井平庸之中的努力和勇氣。
世界是你，你是一切答案的本身。
不會有需要看別人眼色的時候，不會有為了遷就別人而犧牲自己的時候。
於是更多地，你終於不需要借助誰的光來照亮，你能沿著往日一些深深淺淺的軌跡，去找尋屬於自己的光，屬於自己的美好。
你終於不需要別人來給你安全感，自己能將自己填滿。

5

以前寫過，自己是個情很淡的人，於是生活裡我從不會主動和誰聯繫。他們來找我，我會友善地回應，他們不來，我會安靜地自己生活。當然，我不覺得成為一座孤島是件不好的事，這樣挺好的，縱使偶爾會有點孤獨吧。也因為這樣，很少跟別人說些真的真的很在乎的事，畢竟其實也並沒有多少很在乎的事。漸漸地習慣，把悲傷內化，把傷口癒合，把煩惱解決，只要努力，其實這些都不是什麼困難的事。

不會再像是在大人和孩子那個模糊交界的年紀裡，迎向世界時的閃縮眼神，也不再是做任何事都思前顧後的笨拙女孩了。我在和自己共生的過程中，變得熟練，變得堅韌，變得悍勇，我終於不再從別人身上尋找光，而是自己去成為光和熱。

自己的宇宙，自己給自己溫柔。
自成一片人間煙火。

1052

6

我好像從來都沒有因為獨自生活而感到悲傷。

一個人頂著巨大恐懼去消滅櫃子裡的蟑螂，一個人和壓榨我的房東理論，一個人扛二、三十公斤的行李搬上五樓，一個人發著高燒去看醫生，一個人下著大雨沒有雨傘漫步回家，一個人坐著長途火車熬夜去旅行，其實這些也都不過是體力的勞動，都是可以花點時間、花點心思就能夠解決的事情。頂多是看著身旁的女孩有人照料時一眼望去的羨慕眼神，但是隨之而來的是更大的成就感。你看你多堅強，做到了別人做不到的事。
這種滿足感比任何人的給予都來得真實，來得滾熱。

這麼去想，反而是在我與人們相處的許多時間裡，都令我不愉快。
總是猜想著對方的思想，擔心著會不會有意無意中冒犯到別人，會不會成為誰的討厭，有時候被莫名其妙的針對和差別對待刺傷，總是反省和檢討自己，導致自己傷痕累累。或者是哪一次交出了真心，卻被踐踏和無視。又或者是被流言中傷和謾罵，明明沒做錯的自己卻只能委屈自己接受惡意，被人誤解、被人背叛、遭人嫌棄。
又又或者是把期望寄託在某些人的身上，最後卻又還是從高空狠狠地墜落，失望得找不到出口。
如果把歲月裡的一朝一夕攤開，就會發現，我最大的失落和難過的源頭，都是來自於與人在相處過程中得到的傷害，而並非獨處時的空洞。

當然也有好的陪伴，也會因為某些人的溫暖而熱淚盈眶，也會想要回報，想要努力。於是這成為我新的目標，慢慢地成長為溫暖的人，在人與人之間的相處中，不帶給別人那些我曾經受過的傷害，成為了我獨處時最大的努力和練習。

7

當孤島有了美好，就總有一天會被人看到。
像是花朵不需要向誰證明自身的美麗，因為它的存在本身，即是美好。
你也是。
我也是。

未來遙遙無期，
我只能陪你到所能及的地方。

我們終究還是沒能逃過現實的拉扯。
有時候我不知道是從哪裡開始出現了裂縫，還是說時間確實巨大殘忍，我們始終不夠強大，沒辦法抵擋這個荒唐而薄情的世界。
我們終於沒能像最初許諾的那樣，實現美好的故事結局。

在我們離開彼此的時候，我們都沒有拉扯。
或許是已經在腦海中無數次演繹過這樣的場景，所以我熟練得像個專業的演員，每個舉動、每個神情都如此得體。我們的默契總體現在奇怪的地方，像是離別的時候，說走就走，說不回頭就真的決絕地割捨。
我竟然這樣不動聲色地失去你，沒有眼淚，沒有糾纏。
也許是明天太長了，我們除了告別，別無選擇。

這條路真的很漫長。
手執著猛烈的喜歡一路走過春曉煙花，天空從鈷藍到明亮，又從明亮到漆黑，那些歡喜隨著季節一路散落，不知不覺也染紅了秋葉。直到這條路上，再也沒有開出一朵花來，才意會到了漫長的路途裡，那些歡喜、那些熱望，都滲透在生命中，悄悄地揮發成一片空白。

Tokyo Skytree

於是我們，竟從滿臉的熱烈，轉為可有可無的冷漠表情。
有時候我也會問，怎麼會呢，怎麼會越往前走，越是在後退著。
好像喜歡走到了最後都只剩下疏離。
好像所有離別都只能信之由命，而我們只能停在這裡。

未來總是遙遙無期，長長的日子，我只能陪你到我力所能及的地方。到了某一個擁擠的路口，我只能目送你離開，然後未來的萬千里路，西風驛馬，獨自迎向沒有你的未知。
我想我還需要好久的時間。
深藏那些愛過的痕跡，撫平那些心上的坑窪，冷卻手心的溫度，習慣寂寞的野蠻生長，習慣再無一人在我奔往遙遠地方的時候，予以我歸途。
再也沒有，再也沒有了。

「我走了。」
「明天的路，你要好好的。」
我們都有更遠的地方要奔往，從此別過，你我明天的路都別害怕。

也許日月終究有期，朝暮也無法如故。我們被時間追趕至歲月的盡頭，終於走成了彼此的迷途。畢竟山高水遠，有些故事始終難以續寫。
我想我已經把最好的我們鎖在那段時光裡了。
只是還是會不斷地想起來吧，那個時候的我們，閃閃發亮的我們。
後來我在想，也許是已經有過了最好的時刻，往後的所有時間都竟已無所附麗，不再圓滿了。
其實有些人，我們在不經意中已經見過這輩子最後一面，只是那時我們並沒有察覺。

忘了從哪裡看到這樣的一句話：「過客要有過客的自覺。」
那個時候的我，沒意想到這句話這麼悲傷。
後來我終於發現，我只能是誰生命中的過客，知道了自己在別人軌跡裡的位置，永遠只能成為誰的錯過，永遠只能是無語凝噎的遺憾。
你要自知，你要懂得，有些人你只能偏愛，而有些人你只能目送他離開。

夏が終わった。

夏天結束了。
你要好好地往前走了，無論你願意不願意。

縹緲的人生，
因每一段旅程而豐盛。

——獻給白楠這段美好的愛情。

0

你是知道的吧，揹著太重的東西是會難以前行的。
前面的路還那麼長，總要學會摒棄一些什麼的。
那些過得去的或者過不去的最終還是會被時間溶解得一乾二淨，而我們只能捨得，對吧。

1

白楠第一次來到牧海。

去到一個新的城市，像是把自己重新歸零一樣。
也許是每座城市給自己留下最深刻記憶的，並不是所謂的風俗文化背景，而是在那裡的所有記憶。是玩歲愒日的虛度美好時光，還是飛塵灼日的四處走天涯，是與人群渾融相會，抑或是彼此糾纏覆滿悲歡，你會喜歡或是討厭一座城市，都是與那裡的記憶有關，而並非那座城市的本身。
白楠是這麼想的，於是急促地逃離了一座傷心的城市，去空白的地帶那裡等待著時間把前半生的一些痛苦記憶全部帶走，溶解或遺忘，也許就是對待記憶最好的方法。

她拖著行李，從抵達的關口走出來，迎面而來就是一陣清爽風涼的氣息，也許是靠近海的城市，空氣中還帶著一股清新的微鹹。機場的落地玻璃有陽光照落一地的金黃，一切都是嶄新和光亮的，無限希冀的光景從此開始順利延展開來。
對於未知的生活，總帶著許多負面的揣測，可是也因為未知，所以有所期待，總歸來說，好的感受比壞的感受要多一點吧。
白楠一身白色的碎花連身裙，左手右手分別拖著大的小的行李箱，身上還揹著一個包，她停在機場的自動門外，有一陣風吹過來，裙襬隨風肆意飄逸。她有點狼狽地從口袋裡翻出手機，查看一下語言學校宿舍的地址，正準備要邁出步伐尋找客運的站牌。
身後有人拍了一下她的肩膀。

白楠遽然停下，轉過身來是一位白白淨淨的男生走上前。
男生的裝扮乾淨舒適，雙眸明亮有神，看著也不像是本地人，迎上來卻講著一口外語，聲音輕柔溫敦，白楠聽得有點發怔。

她心想，我就是來學外語的啊，完全聽不懂……
想著想著就不自覺把後面那句脫口而出，遲疑的語氣懨懨地道：「完全聽不懂……」
「啊，會講中文吧？」男生的語氣輕鬆了許多，臉上多了幾分笑意：「給，剛剛看你掉了。」
他把一個小錢包遞到她的面前。

白楠睜大了眼睛看著他，那小錢包上可愛的卡通圖案分明就是她的小錢包，可還是下意識地掏了一下口袋。
該死，真是她掉的。
她深皺了一下眉頭，內心的活動從未停止，一邊責怪著自己留學第一天就上演這一幕冒失的戲碼，一邊又懊惱著自己在帥哥面前丟了點面子。
什麼無限希冀的光景啊，分明就是倒楣災難的開始啊。

白楠抿了抿嘴巴，抬眸看著他說：「謝謝你呀，裡面還有信用卡什麼的，不見了真的會很麻煩。」
「小事，沒弄丟就好。」男生禮貌地把小錢包交到白楠的手上。
她和他點點頭以表感謝。
男生也就隨之離開了，白楠在往向客運方向那邊走之前，又回頭來看看那個人的背影，透著一種俐落灑脫的氣息。

然後對於牧海的第一天的印象：
海的味道，陽光正好，風也溫柔，冒冒失失，外語好難，男生挺帥。

2

白楠的學校就在海邊。

以前幻想過電影的情節在面前真實地上演著，她那天坐著客運通往學校的路上，一路都是沿海的公路，陽光照在海面上會折射出明晃晃的光芒，耀眼卻不刺目，讓人想要再多看一會兒。畢竟還是炎夏，海邊的人們都穿著清爽的衣服，塗著防曬乳和戴著墨鏡，飄逸著陽光和美好，只要你想要就可以隨時隨地奔向大海吶喊或沉溺。

在這裡，沒有人認識你，沒有人在意你，也沒有人規範你。在這裡，人們只專注著關於自己的陽光和美好，瘋狂和平凡的定義都被模糊，在這裡，好像就沒有什麼不可以。

幾天的時間熟悉了學校的環境，馬上就要開學。

學校有給每個留學生都安排了學伴，幫助他們能夠更快地融入學校。白楠不是一個非常怕生的人，且從來沒有懷疑過自己的社交能力，所以自然也不是那麼害怕面對著新的生活。

那對於過往會想念嗎？

從前的一切過往，開心的或是傷心的，給予的或是接受的，留在身體裡的傷痕或者是丟失的靈魂一旦過去了，好像就像是過期的顏料般慢慢褪色，慢慢變得毫不重要。

是想念嗎，不，只是想起吧。

偶爾會想起從前喜歡過的人，可是也僅限於想起。過去發生過的事像是一本本深深閱讀過的書本一樣，都藏在心的書櫃裡，有時候記不起來就翻開曾經的痕跡來瞧瞧從前的日子是怎麼走過來的，有時候給自己一些揶揄嘲笑，有時候給自己一些稱讚美頌，但無論是什麼，你永遠不會再讀出第一次閱讀一本書時的感受了，因為對於世上的一切，有種殘忍叫做成長。

海面上陽光的輝映和昨天又有些不同。
「白楠！」老師喊道。
「啊，有！」
白楠從白日夢遽然驚醒過來，望向老師那邊。老師正在介紹著每位留學生的學伴，白楠這才看清楚，站在老師旁的幾個人裡，是某個俐落灑脫的身影。
和那個人四目相投的瞬間，白楠竟有一瞬看恍了神。
他也朝她笑了笑，以示他還記得她。

「知陌呢，是這裡的研究生，會負責帶幾個同學，包括——」老師念了念同學的名字，當中就不偏不倚地包括了白楠的名字。
之後的分組活動，知陌朝自己的方向走來。
白楠想不出什麼形容詞來描述這詭異的心情。好像有點慶幸……？畢竟是有一面之緣的人。好像又有忸怩……？嗯？不對。應該是有點開心？嗯？好像也不對。不對不對不對，好像都不對。白楠，你清醒一點，你是老練的人，你要有成熟的樣子。
就在白楠內心活動瘋狂精分的過程中，知陌把幾位同學都集中在一起。
「又見面了。」知陌的聲音和上次一樣不慍不火，親切卻也不造成負擔。

「噢對啊，真巧，沒想到在這裡見到你。」白楠就真的以一副「老練」的樣子回答得體，她有時候也覺得自己挺會裝的。
知陌再一次和大家介紹自己，二十六歲，在牧海生活了六年，在念研究生等等，有什麼都可以跟他說。

白楠從前不怎麼相信命運這種東西。
就像是很多年前的高中生活裡，她喜歡過一個叫李丞遠的男孩，於是即便是高三了她仍然堅持了自己的喜歡，奮勇地表白後終於和她喜歡的男孩在一起。身邊所有的朋友都在擔心著大學是情侶分開的理由，她從來沒害怕過。即使兩個人分開二地，她也依然相信，喜歡可以戰勝很多困難。可是或許真的有所謂的命運使然，後來真就像是人們口中所給予過的警告一樣，遠距離的愛情漸漸地彼此疏離，漸漸沒有話題，漸漸地離開彼此的生活，那些說過關於永遠的嚮往從來就沒有實現過，她卻悲傷又卑微，最後只能手執著一大筐空歡喜，像命運般分離。
命運使然，有時候像是詛咒一樣。
你知道它，知道它的真實或是虛假，知道它可能發生也可能不發生，可是你依舊沒辦法擺脫什麼。就像是種植了某些陳腐的念想，根深柢固，你只能任由這些苗頭肆意滋長。
那麼，相遇也會是命運使然嗎？
在那麼大、那麼渺茫的世界裡和某些人擦身而過，有些人會駐足，有些人加急了腳步，有些人頭也不回地直奔未來，有些人偏偏就在此時此刻和你四目相投望進了彼此眼中的宇宙。

四条通
花見小路
Hanamikoji

鶯飛草長，日短心長，我們沒辦法控制相遇的，對不對。
就像是，就像是——

這個世界上有人創造了名叫「不期而遇」的美好詞語。

3

該怎麼形容知陌呢？
白楠仔細地思慮了一下，沒有所謂的男主角光環，不是什麼非常出眾的外貌，沒有偶像劇般的動人情節，就是平靜的、爽淨的、灑脫的，對的，非常灑脫的一個人，從第一次在機場看見他的時候就這麼覺得，不拘泥於小節，爽朗且大氣，所以跟誰都很好。做事親切好相處，又懂得拿捏分寸，和他在一起的時候，他從不會造成別人的不適。
他成為她的學伴之後，兩個人常常去圖書館念書。
很多很多這樣的午後，在白楠後來的日子裡想起來，都像是一幀幀燁然炫目的復古照片，如金燦燦的陽光折射到海面上那樣，永遠美好，也永遠讓人心碎。
他們會坐在圖書館的角落，那裡會流瀉出一地的金黃，白色的窗簾會輕輕地飄晃，像極了《情書》裡的場景，安靜又浪漫。他們會各自讀著各自的書，各自有著各自的揣測，各自有著各自的世界，而偶爾白楠轉身過來和他輕輕談話時，他也會放輕聲調，回應她所有的問題。天氣太好的時候，他們會丟開書本，和三五同學去海邊漫步，日子沒有什麼雜質，沒有聲色犬馬像是電影裡的故事，這裡沒有人聲鼎沸的街衢，只有不辨須臾的浪潮聲。

和他走近像是一個必然的過程，如果我是小說家那我也一定會這麼書寫的，直白的、俗套的、平平無奇的情節，就像是所有人最初相遇相知相戀的那樣。
或許也會像是所有人最後的結局那樣，相遇相知相戀相別，像是一個永恆又心碎的模式，有些人隨著人海流轉，也有些人倔強努力卻難以強扭定局。
離別是悲傷的事，離別也像是無可避免的事。

白楠是知道的，自己再也沒辦法像是愛李丞遠一樣義無反顧地去愛另一個誰了。
曾經深刻給過李丞遠的東西再也沒辦法給別人了。
二十幾歲的她，早就過了那個年少時期孤注一擲的心動如潮，不會再奢望卑微地愛一個人就愛一輩子，不再遇見動心就奮不顧身地往前衝，也不再犧牲自己成就某一次的非你不可，那種純粹又無畏的愛早就在流年辰光中漸漸歇止。
我們慢慢地來到了這樣一個時代，一個沒什麼人會寄出手寫信的時代，一個長長的文字鮮少有人讀完的時代，一個愛一個人不再是愛一輩子的時代。
木心老師〈從前慢〉裡面提到的浪漫：

從前的日色變得慢
車、馬、郵件都慢
一生只夠愛一個人

變成了一種嚮往。你知道世上會有這樣的愛情，可是你也知道那是一種來自童話的美好願望，你知道自己並不可能得到這樣的難忘。

現在的自己，對於愛總是瞻前顧後、裹足不前。相遇時或是相遇後都給自己留好了完整的後路，永遠都會留著某一部分的自己，不再像是以前那樣要死要活地去愛，也不想要再失去自己。不想要在關係之中處於弱處，所以兩人間的情感總是存在著勝者和敗者的拉扯，也會遲遲不落，提前做好離開和放手的準備。

大人的喜歡就像是一場衡量利弊的交往，想盡辦法不讓自己遍體鱗傷。

你知道自己不喜歡這樣的情感，可是你只能這樣子去護自己的心安好，畢竟從前的自己實在是太過於傷痕累累了。

白楠看著知陌的時候也會有這樣的感覺。

要再進一步嗎？要喜歡他嗎？要保持距離嗎？走太近又怕他想得多，走太遠又怕他忘了我，露出喜歡的神情怕他處於優勢，不露出絲毫好感又怕他不感興趣。

這是什麼壞毛病，喜歡李丞遠的時候，她根本不會那樣。她覺得喜歡就是喜歡，可以和全世界訴說，不羞恥於表示，也沒想過對方不喜歡自己的時候會怎麼樣。沒想過太多的未來，沒想過自己的傷害，那時候的她，覺得喜歡就是要不顧一切地前往。

不知道知陌會不會也有這樣的感受呢？

會不會也像她一樣，遇到感情就開始停佇，遇到誰靠近就開始踟躕不定。

4

日子平靜且薄透，沒有什麼意外的驚喜。

可是這並不是一種困境，反而讓白楠安之若素，沒有沉重的負擔，沒有像從前一樣非誰不可，沒有矯情的互相猜疑，只有相互對看一眼的會心一笑。

他們在圖書館的日子，是後來白楠想起來最想念的一段時光。

有時候她悄悄地在陽光西下的黃昏打瞌睡，頭一歪從淺眠中驚醒過來，會發現身上多了一件寬大的外套，那上面有清新陽光的氣息。她下意識環顧四周去尋找著外套主人的身影，會發現知陌站在不遠的窗前，看夕陽掉落進夜霧裡。她知道那不是心裡熾熱的喧動，而是一抹天地蒼煙的溫柔。

有時候是她遲了下課，匆匆忙忙趕到圖書館的時候，會發現知陌已經替她佔好了位置，位置前放著她在牧海最愛喝的一款飲料。他默默地托了一下眼鏡，看見她慌忙的樣子不由自主地淺笑一下，又埋頭繼續看著論文的資料。她知道他們兩個依然是擁有著各自世界的人，在生命路途的交會點處彼此善待而已。

對的，人生命途的交會點，如果我們全部人的生命都用一條線來比喻的話，那麼我們和某一些人的交集，就像是兩條線在往不同方向前進的遠程中短暫地踏入彼此的生命之中。倘若這條路線的角度僅僅些微的歧異，就能導致目的地的徑庭，每個人都有每個人的羈途，任誰都概莫能外。

我們會覺得歲月漫長，大多數都跟我們計算的單位有關。

她曾經這樣想像過，如果我們計算時間的方式不是以天，而是以年來數算，那麼在自己生命裡停留的絕大部分的人，都算不上多少的時間。

當然，人生也還是會出現許多出其不意的事情，讓你毫無防備，措手不及。

某一天的傍晚，白楠和知陌還在圖書館準備著近日的語言小考，知陌正在往她的語言課本上標注著某些單詞的意思，其實白楠沒告訴他，她自己也能寫的，只是她覺得知陌的字太漂亮了，所以總是拜託他來替她寫解釋。

白楠調成靜音的手機屏幕亮了起來，是長途電話。

她和知陌用唇語說：「等我一下，我馬上回來。」

他明晰的雙眼望著她，輕輕點頭。

白楠躡手躡腳地走到圖書館外的休息室。

「喂？」白楠身體靠著休息室的牆壁，心不在焉地喊聲：「媽。」

電話聽筒裡傳來斷斷續續的抽泣聲，她一下子回過神來，又緊張地對著手機說：「喂喂？媽？怎麼回事？」

「……小楠……爸爸他……他腦中風……」媽媽好不容易地從哭泣中擠出幾個字。

白楠站在那裡，一時三刻有點反應不過來母親剛剛所說的話，話語壅塞在喉嚨裡無法傾吐而出，胸腔被狠狠地捏住，像是忽然有塊大石碾滾在她的心臟上，她甚至能清楚地聽見血肉被硬生生重砸的砉然聲響。

「那、那爸爸現在怎麼樣了？」
白楠盡可能讓自己聽起來堅強一點，她壓住了自己顫抖的聲音。
「……醫生說……說最壞的可能是變成植物人……」
心臟猛然地墜落，此時此刻她的世界正在浩洶地崩塌，這巨大的雷霆萬鈞，只有她自己能夠聽見。
「那我現在——」白楠深深地倒抽了一口氣：「回去嗎？」

白楠沒有回到圖書館。
那是傍晚九點的大海，和白天陽光普照，水花銀亮的大海不同，凝濃的天色讓海洋看似無人光顧的鬼域，渾渾沌沌得讓人怎麼看也看不清。
她無力地坐在沙灘上，海浪的隱隱回聲如心底的暗潮，許多狂亂只能收進自己的宇宙裡，旁人未必能泅浮到你的海岸。
她還沒準備好要去承受這一切，可是又有誰在困難來的時候已經準備好，還不都是硬撐著不讓自己倒下。她已經不是十幾歲那個有家人呵護著的溫室小花，她往復了那麼多遠方，也終究要知歸往回。
那時的她沒有發現，身後有個身影，坐在離她不近的地方，陪她一起聽著海聲在迴蕩。

5

「等你這個學期結束後再回來吧，爸爸和我也都希望你不要耽誤到學習。」

要走是一定的。
就像是每個人都有自己的星軌，在所有的旅程終站過後，會有自己要歸往的地方，而有些人就是注定只能陪你走一段的路。我也是，我在別人的人生裡或許也只是陪別人走一段路的人而已。
白楠再也沒有去圖書館了。
可能是自己的潛意識在作祟，在知道了自己終將要離開的這件事過後啟動了內心的保護機制，開始要與所有人都保持距離，在心底默默設想好所有告別的場景，提前經歷將來必須到來的傷心。她真的不是什麼坦蕩的人，沒辦法坦率地去面對所有人在自己生命裡的痕跡，所以選擇自己偷偷地抽離，這樣就能保護好自己的心，不讓自己那麼難受了吧。
沒有開始就不會有失去了對嗎？沒有遇見就沒有錯過，沒有擁有就不會遺憾，在還沒有足夠的不捨和喜歡之前，悄悄地在心裡告別一切，就不會難過了嗎？
真的是這樣嗎。

白楠知道知陌在找她。
可是她不知道在那些她剩下來的日子裡，應該要怎麼對待他，所以她只能自我欺騙地延緩著面對他的時間。像是沒有把握的事情，誰又願意冒著失去的風險去做？我們都已經長成利索的大人了，權衡利弊，及時止損應該是件熟練的事情了吧。
她如常地上下課，只是往後那幾天的日子，再也沒有去圖書館。她再也沒有在他不注意的時候凝視著他看海的背影，也再也沒有和他一起淋浴著窗邊灑漏下來的落照。
他一定會覺得莫名其妙吧，其實自己就是個膽小鬼，一個用盡任何一切辦法讓自己避免傷害的膽小鬼。

白楠坐在窗邊的位置，老師又在講著她壓根聽不懂的外語，思緒早就飄到縹遙的遠方。
她知道自己要打起精神來，畢竟這也是爸媽的希望，可是各種事情都煩得她根本沒辦法集中精神去做事。她徹底地被絆住在原地，身上揹著許多累贅，讓她往前走的每一步都好吃力。
快要下課之時，有人走進了課室，白楠抬頭一看，是知陌。
他正在和老師低聲說話，然後不經意的瞬間，他的目光朝她那裡稍稍一瞥。
白楠怔住，又馬上驚慌地低下頭。
她被自己下意識的動作氣到，正在責怪著自己為什麼不能遊刃有餘地面對這個情況。見到他就見到他，又不是什麼奇怪的事，反而是自己緊張兮兮的神情把一切都變得尷尬，白楠你到底發什麼神經啊！
正在她咬牙切齒的過程中，下課鐘聲響起，知陌走了出去，老師給同學們報置好作業也跟著走出去，她這才敢抬起頭來，慢慢地收拾自己的東西。

她心神恍惚地走出課室，一踏出去就僵住了腳步。
知陌靠在走廊的牆壁等著她走出來。
「嗨，有空嗎？」知陌還是那副親切又不失禮貌的樣子。

「……啊……有。」
她假裝過度的從容在他的面前顯得有點兒戲，反倒有點不像自己了。
知陌見到她眼眸中閃露著緊張的微表情不禁失笑：「我們去海邊走走吧。」

6

知陌想起白楠就想到了她那白色碎花的裙子。
裙襬是那麼地輕盈飄揚，陽光在她的身後變成了一種襯托，他離遠一眼就看見了她，說沒有什麼想法都是騙人的，只是，就覺得是一天的小確幸吧，生活縫隙中一縷暖暖的含光，也不是什麼驚天地泣鬼神的壯烈情感，就是一種淺俗和平凡的交會。
也許是離鄉背井去異地念書使得他的世界又更加廣闊了一些，深深明白到人的際遇不是跋山涉水就能夠有跡可尋的，緣分是張失墨的地圖，一不小心就容易走成迷途。
既然都是迷途，那不如多看一點美好的風景。

「我們在一起吧。」
這是白楠好不容易把自己的心事全盤吐出之後，他說的第一句話。

「你是不是傻啊？」白楠目不轉睛地瞪著他，紅紅的雙眼裡全是委屈：「我說我再三個月就要走了。」
「嗯，我聽懂了，知道你要走。」
他仍然一如既往地灑脫。

「那你還……？」
白楠假裝的從容快要繃不住了。
「那又有什麼關係呢？」知陌忍不住又淺笑了一下：「可我現在就想跟你在一起啊。」

原來真的會有人一眼就看穿你的偽裝，一眼就知道你的倔強。在知陌的面前，她覺得自己就像個傻子一樣，所有的心事都暴露無遺，逞強和假裝都是於事無補的。

如果你提早知道了最後的結局，那你還會奮不顧身地去做一件事嗎？我問過身邊所有的朋友，他們的答案都是不會。是的，當你長大成為更加成熟的大人時，在世界揚塵打滾的過程中，生活教會你運算加減，也教會你孤獨殘忍。你算算手指，發現獲得並不如失去的多，於是只好讓自己乖乖閉上心房，戒備不懈的樣子也的確為自己抵擋了許多傷害。
這樣也挺好，你不斷告訴自己。可是你發現你的心臟已經沒辦法像以前那樣燥熱地跳動了。

離開又有什麼關係？
失去又有什麼關係？
不捨又有什麼關係？
我們總不能為了避免世上所有的難過而什麼都不做吧，那這樣多浪費這滾熱的時光啊，要去感受快樂，即使同樣也會感受到傷心。

就當作是旅途中的一程，就三個月的時間，好好善待彼此。
沒有時間顧盼不捨，沒有時間自怨自艾，沒有時間再為了明天的傷心而焦灼了，花季的時光不該拿來預支著明天的煩惱。
她不知道明天自己會在哪裡，不知道很漫長的餘生裡他們還會不會有機會見面，也不知道所有的將來和永遠是什麼意思，可是這些都沒關係，都不要緊。世界莽莽無邊，來日迢迢無期，誰都會擁有也誰都會失去，那不如就在此刻享受羅曼蒂克。

白楠突然覺得，她好像找回了滾燙的心臟。
她啊，想要成為一個敢愛敢恨的女孩，儘管最後還是會流浪於茫茫人海。

7

我相信世上的所有相遇和離別都有注定，也相信你是我的日月有期。我真心地愛你，也真心地不執著於你。我活在每個愛你的當下，卻不活在要你的經久。
我愛你，跟永遠沒有關係。

8

和他在一起的日子真的很快樂。
怎麼說呢，不再需要去設想什麼結局，不再去糾結關於未來的任何事情，不再因為一些小事就患得患失，不必去質疑對方愛不愛你。

也許是在約定的當下，就已經看到自己將來失去的樣子，反而在相處的過程中，把結果的難過慢慢淡化。

不甘、卑微、猜疑、怨恨、怠慢這些原本會在愛情裡反覆傷害彼此的鈍痛都不存在於他們兩人之間，他們望向彼此的目光裡，都有種像是日落向晚時的餘霞般的溫柔，比星辰淺半分，卻又比日光深情。

未來那麼遙遠，現在我只想愛你。

他們還是會常常待在圖書館裡。

白楠看著自己的外語課本滿滿都是知陌好看的字跡時心底都會冒出絲絲情意，當然她無聊的時候也會在他的課本上胡亂塗鴉，她想若是他下一任女朋友看到一定會覺得上一任的字怎麼可以像鬼畫符一樣凌亂。

她喜歡他寬大的外套披在自己身上的感覺，所以有一次把他的外套帶了回宿舍就再也沒有還給他了，然後她從口袋裡摸出了一把糖，那是她前幾天經痛的時候隨口說過想吃的品牌，他悄悄記住了把它們放在外套的口袋中，然後就故意在她睡覺的時候把外套披在她身上。白楠一手扯開糖果的包裝紙，把糖果塞進嘴巴裡，哎呀，太甜了吧。

傍晚的海邊總是會沁涼沁涼的，他們在那裡牽手漫步的時候，她會聽他說一些以前在這裡念書時的趣事，像是剛來的時候怎麼被同儕排擠啊，在打工的時候被老闆欺負等等的事。她會跟著一起罵那些從前不夠善待他的人，即使很多事情都於事無補，可是她就是覺得像知陌一樣的人應該一輩子都得到別人的善待。

有時候她會和他說自己從前的戀愛故事，像是高中的時候喜歡李丞遠的事也會和他說，後來的幾段戀愛也會提及，那時的知陌就靜靜地聽她講，也不會給予好或壞的評價。他會問她：「你會後悔愛過他們任何一個人嗎？」白楠仔細地深思著，片刻她鄭重地搖搖頭，說：「不會後悔，我愛過爛人也遇過壞人，可是後來轉念一想，每一段故事都是深刻的，都有它的意義。所以，我也不後悔愛你。現在不會，以後也不會。」知陌露出爾雅的笑容：「我也是，不會後悔。」

每個禮拜五和六的晚上，海邊會有小型的派對晚會，大家會聚在一塊兒喝酒聊天，然後大聲播放著不同的音樂，跟隨著音樂的節拍跳舞或輕輕扭動著身體。白楠會挽著他的手坐在一旁，知陌讓她也出去跟大家一起跳舞，她搖搖頭說自己不會跳舞，知陌笑了笑表示自己也不會，兩個人一起去出醜吧。然後他拉著她的手走到了人潮中央，兩個人把雙手搭在對方的肩上，跟著音樂緩緩地踏動著身體。這樣的記憶，在往後的人生無論什麼時候想起來，都一定會覺得美好至極吧。這麼想，她因為知陌在各個方面上都變得更加勇敢了呢。

偶爾想家的時候，白楠會鬱悶得不想講話，偷偷一個人躲在角落裡流眼淚，也不是什麼絕大的悲傷，就是淡淡的卻布滿整個身體的哀愁。知陌是個懂得拿捏分寸的人，他在她難過的時候什麼話都不會說，只會靜靜地待在她的身邊。有時是在圖書館裡她難過地趴在桌子上，他會藹柔地摸摸她的頭，一下一下地用無聲的觸碰告訴她沒有關係。有時是在海邊，她枕在他的大腿上，他見到有淚水沿在她的臉頰滑落，會低頭親吻她的悲傷。

在白楠的記憶裡，知陌和她過往認識的所有男生都不一樣。
他輕盈在心尖落足，攏住所有心碎和悲戚晦暗，像星河墜落無名海汐，讓黑潤沉寂都有了生息，如嚴冬迎來春芳。
所以啊，這樣夠了，足夠美好以一程紀念一生。

9

人們說，快樂的情緒其實很容易消弭在記憶裡，相反，難過和悲傷卻是能夠沉亙在人的身體裡好多年月都無法消褪。
後來的白楠很常在清晨睡不著的時候想起那段時光裡的惆悵。
望著日曆一天一天地被撕下，時間是不可挽回的褶皺，也是無法遏止的暴雨，任再多的努力也無法將歲月收回。
沒有人能夠逃離不安的。
在她買好機票後數算剩下三週的時間，她忽然感到無比的焦灼和敏感。
她其實很氣惱自己，明明就是決定豁出去的事，而自己前一陣子為止都能夠保持著理想中的灑脫，現在卻又好像無可避免地重新踏進那片沼澤裡。

雖然嘴巴上說好了，好好地珍惜在一起的日子，可是人類啊又怎麼捨得讓美好的時光在自己面前殞裂。逐漸變得貪心是人的天性，還不夠，還想要，還渴望，還想念，還不甘。
總是越是不安就越是瘋狂想要得到確定的回答。

這些話她覺得她不能夠和知陌說明，只能自己在心底狂亂，可是萬一對方沒有發現自己的惴惴不安和忐忑，卻又會怪責對方的不上心和怠慢。
我們都不擅長訴說，卻又盼望別人知道自己的難過。

知陌一直都是那樣的。
像她第一次見到他那樣的感覺，平靜的、爽淨的、灑脫的，對的，非常灑脫的一個人，也因為太灑脫了，看著「那天」慢慢地靠近，如望著什麼鮮活的東西步入殂殞那樣，他沒有絲毫的動搖和軟弱。
好像只有她，只有她自己在經歷著重大的生離死別，而他不過是觀賞這一齣戲的過路人。
她不喜歡這樣的感覺，非常不喜歡。
又像是回到了和李丞遠戀愛那樣，愛情的天秤最終還是往她的那一邊傾斜，她還是在意得比較多的那個人，她還是那樣置之不顧地愛，也最終還是會那樣滿身傷痕，這不是她想要的。
想到這裡，眼前的一切從模糊變得清晰，知陌正在課室的門口等著她。

「走吧，去吃好吃的！」
知陌順手地把她捧在胸前的課本接過來，另外一隻手輕柔地牽住了她的手。
白楠怔了一下，手從他的手心中掙脫，從他的手中把書本搶了回來。
「啊今天有點累，想回去了。」她回避了他的目光，淡淡地說。
「哦……那我送你回去吧。」他又把書接了回來，換了一隻手繼續牽著她的手。
她什麼話都沒說，兩人就這樣尷尷尬尬地並肩走著。

走到了宿舍的樓下，她停住了腳步。
「你……有什麼話要跟我說嗎？」白楠停頓了很久，還是細聲地問了出口。
知陌木然地望著她，有點不知道要怎麼回答她的問題，他在細想著自己是不是做了些什麼讓她不愉快的事，這是這幾天來她第五次吞吞吐吐地說話。
「你為什麼都不會──」
說想我、說愛我、說不想我走、說不捨得、說難過。你為什麼可以對於我們的離別如此若無其事？你怎麼可以一點都不傷心？一點都不痛苦？
「你怎麼可以──」
她憤憤的語氣脫口而出，卻又說到一半猛然止住。
知陌站在那裡直直地注視著她，卻也什麼都沒有說。
她又再一次被他的淡然激怒，他怎麼可以這麼對自己！
「算了，反正我們也就這樣了吧。」
白楠也懶得再跟他說什麼，就這樣轉身斷然地離開。
下一秒她被知陌用力地拉住，腳步再也無法邁開來。

「你不要說這樣的話──」
這是少數場景裡知陌露出嚴肅正色的神情。
因為她沒得到想像中的溫柔語氣，反而因為自身那不堪的部分被狠狠地戳了一下，便倔強地卯起勁來想要跟他抗衡些什麼。
「我又沒說錯，反正我們很快就——！」白楠賭氣地放狠話，說到句子的後面，她意識到了自己的失態，忽然戛然緊閉嘴巴。
兩個人霍地靜止了動作，只是緘口地凝眸對視著。
離別在即，有些話一說出口就是一道刺，不僅僅是對方，甚至是自己也都能被驟突的悲傷滌蕩，兩敗俱傷卻又兩相情願。

「你不能因為離別就對一個人苛刻，這對誰都不公平。」
知陌的聲音依然是平靜的，可是比平日的淡然多了一些執著和無奈。白楠聽出來了，他其實在難過，他們都在難過，沒有人能對離開談笑自若，他只是用他的方式來釋懷告別。
或許在她看不見的地方，他一個人面對著巨大的離別也會露出和她一樣的難過表情，可是他們都沒有說，把對於告別這件事的悲傷為了對方而藏起來。他在用他的溫柔來稀釋著彼此的失落，他選擇用美好的記憶來填滿她將來對於離別的難過。
他怎麼可以，連傷心都那麼柔軟。

兩人僵持沉默著，白楠的眼淚掉了下來，她伸手胡亂一擦，知陌握住了她的手，把她輕輕地拉到自己面前。
她死倔著低頭不講話。
他柔婉地捧住她的臉，替她輕輕拭掉淚水。

「我們說好了，可以遺憾，但不能夠遺忘。」

我要安好無缺地把你交還給未來，所以我要好好地愛你，不給你留任何傷害。
我要讓你相信愛，相信未來。
我要你快樂。

10

像是一場綿長又唯美的夢。
美好的場景那裡有一個很灰暗的出口，然後腳下是自動前進的步道，身後是朝夕依舊的分秒時間，自己被慢慢推移往出口那裡，面前的鋥亮風景逐漸變窄，面前的渾黑出口越發龐大，一轉眼經過了一切美好，回頭卻找不到回去的方法了，然後就這樣踏入闃如空然的洞口。
沒有了，手中緊握著的一點美好都已經用盡了。
日曆上那用紅色的筆圈起來的日子，終於還是如期抵達。

知陌一大早就申請進宿舍替白楠收拾行李。
兩個人比平常看上去還要淡然，也許是用了很長的時間準備的道別，在心裡預演了千百遍的場景，終於真實上演，反而就熟練得失真。
他像日常那樣體貼和溫柔，收拾行李的時候也細心得不得了，依舊談論著走之前要去哪裡吃飯，依舊從口袋裡拿出了她喜歡的糖果，依舊包辦了日常生活裡所有的苦力，還會騰出一隻手來牽緊她。
白楠呢，也一樣懂事，依然耍賴著要他幫忙處理一切事情，依然和他時不時分享著生活小事，依然任由他緊緊牽著，依然露出他喜歡的笑容，依然學習著釋懷離別。

沒事的，就當作是旅途中的一程，是長篇小說裡的某個篇節，過去了此刻就要重新延伸著未完待續的情節，在通往更漫長的餘生過程中，到了某個站必須下車換乘那樣。我們每個人都有著自己的星軌，要和擦身而過的星球說再見。

進關之前，知陌替白楠辦好了所有手續。

時間還是到了，時間總是會到的，他伸手拉住她，緊緊地抱住了她一切的心碎和難過，然後讓她在自己面前離去。

在這天之前，她就下定決心，最後一個留給他的表情，一定要是快樂的，這樣他們這段一起相守的時光才能夠很好地畫下句點。

於是她站在關內，露出大大的笑容，極目望去一眼就能找到知陌的位置，離遠也能看見他紅了的眼眶和臉上有點悲傷的笑容。她張開手盡最大的動作來給他揮手告別。

她有屬於自己的航行，他有他的軌道。

我是泅渡你過洋到下個港口的船，當你抵達了那裡，就像是注定要說再見的過客。

不止是相遇，竟連我們的離別都像是命中注定一樣。

再見啦，我的難忘。

再見啦，就讓我與你笑著告別，輕輕路過你的世界。

11

後來白楠只要看到海，就會想起知陌。

在離開牧海後的好多日子，她都沒有辦法如她曾經所期望的那樣灑脫地丟掉一切過往，無法昂首大步地往前走。她經歷了好漫長的一段雨季，彷彿是那段時光預支了未來的快樂那樣，晴天都過完了就只能迎來一天又一天遙遙無期的苦雨。
可是你問她後悔嗎，她會沒有一秒的猶豫告訴你，她不後悔。

好的時光是不會因為後來的傷心而變得不值得。
因為在那段好的時光當下，他的你、你的他都是真摯的，那就沒有一個瞬間是不值得，就沒有一個瞬間應該後悔。
所以她不後悔。
比起後來悠久時間裡的難過，她更加珍惜那一些時光裡的細流脈脈，一點美好足以撐過漫漫雨季。

偶爾她會收到知陌的明信片，字裡行間仍然是他獨樹一幟的溫柔和瀟灑，也會露出半點想念。她不禁在想，他是否也正浸漫在這樣無邊的雨季裡，像她那樣。
他們都在往前走，她知道他們是，也知道他們會。
也許有一天她會等來某個人為她冰消雪融，也許他們會再一次相知耦合，也許還是會從彼此的世界退場。但在那之前，她還是會毫無防備地踏上未知的旅行，像過往那樣一腔奮勇地赴往。

然後在每一次旅程中，一點一點地迎來盛開。

12

最好的人不一定能陪你度過每一程，卻一定能成就你的豐盛。

註1：牧海這個城市並不存在噢。

註2：關於白楠和李丞遠的故事見《你的少年念想》。

Chapter 3

雨

念舊的個性成就一個深情的人。

忽然醒來的一天，窗外的銀杏已經黃了。又忽然的某一天清晨，銀杏都掉光了，一地的落瓣被人踐踏得潰不成形。然後，冬天來了。
看見銀杏的時候會想起前兩年在韓國生活的日子，學校的兩旁都是銀杏樹，那時沒有太多的時間駐足觀看，我忙著自己的悲傷，與這個世界無關。
世界總是在向前，一刻不停地、殘忍地、若無其事地繼續著，可是某個瞬間，我覺得自己被落下了，落在某個時間節點裡面，往前走有千斤重負在身後，往回走卻丟失了路。世界之大，原來真的會走著走著，就把自己弄丟。
那時的我在做些什麼呢，還是吃著藥的那段時間，大抵都忘得七七八八。可能是為了緊抓著不讓他逃離我糟糕的人生，也可能是被悲傷和疼痛撕裂成碎片，可能是正在往深夜墜落的時刻，忘了，是不是從那個時候開始，漸漸就成為一個無所謂的人呢。

忘記像是一種超能力。
有時候我很羨慕那些說忘就忘的人，那也代表著能夠毫無遺憾地往前奔跑，而我不是，我總是被這些所謂的「曾經」扯拽著無法向前。
總是念舊，總是回頭望，總是一不小心，就掉落在了沒人找得到的縫隙裡。

別人永遠都抵達不到那裡，他們經歷不了我經歷過的故事，走不了我曾經走過的路。在那個縫隙裡，是只屬於我自己的快樂和悲傷，在暗無天日的頹垣裡盛開。

有時候覺得是掉落，但又有些時候覺得是逃脫。

會在經過某個路口的時候，無法自拔地想念一個人。
那時，他走在左側，把右邊的耳機遞到面前，你和他聽著同一首歌，在飄雨中他送你回家。就是這一個簡單的場景，卻無數次出現在冗雜的生活裡，一次次，在你獨自經過空無一人的街巷，在為了生活和現實奔忙的日子裡，當天那個誰的陪伴，像是甜美的糖果，一邊刺痛著你，一邊保護著你的孤獨。

也偶爾會想起，某些致命的心碎時刻。
寂靜的空氣中是你傷心至極的聲響，你把自己藏在腐爛的洞穴裡，身體的某部分像是失靈了一樣，你找不出壞掉的原因，只能隨著這些頹唐逐漸地習慣悲傷，就像被某些人丟棄了似的，你終究也拋棄了自己。不過是幾年前的冬天，現在想起來，都像是在說別人的故事。

原來不止快樂的記憶，有些悲傷的記憶卻在很久之後，用一種另類的方式溫暖著現在的我。
你看，你看啊，你曾經崩裂得不成樣子，你曾經那樣地殞碎過，現在的傷又算什麼。

有時候也會想，還好那些記憶不曾老去。
還好我仍然改不了念舊的習慣，我才能在那麼多綿綿續續的日子裡藉著一點來自舊日的光或者暗，爬山過淵，翻山越嶺，來到了現在。

冬天來了，新搬去的地方離車站有點距離，夏天的時候會騎著腳踏車前往車站，現在不行了，就會每天慢慢地走回來。邊走邊想了很多的事情，忽然想起以前和某些人說著我真的很喜歡走路，也想起和這些人、那些人走過一程又一程，河落海乾卻從未止住遙望。到現在也是，我一時分不清楚念舊到底是人生裡的缺點還是優點，我一時分不清楚我是懷念自己還是懷念那段歲月。
可是，身為人類，是很難摒棄所有從前的。
我們都或多或少帶著一些無法釋懷的風景而走向更遙遠的地方。
那麼至少，我還能念叨著從前，不忘著曾經。

他們說，當個深情的人挺累的。
是挺累的，就在所有人都忘記的時候，你背著世界悄悄地記得那些瑣碎的事。
可是偶爾也挺慶幸，還好自己沒有忘記，就像是我渴望誰也會記得當初的一切那樣，一直深深地紀念著所有從前。

也會暗自祈禱，在未來的某一天裡，也讓我遇上一個深情的人吧，會像我一樣，記得所有花落花開的季節，會記得每一次墜落進傷心裡的原因，會記得彌漫著霧靄的夜晚，和誰深情的擁抱，也會記得過客的陪伴和對春天的期盼。
或許吧，有時候我們等的不是自己的遺忘，而是等一個人陪自己去記得所有難忘。

日子還長，你不需要迫不及待地遺忘。
日子還長，總有一天等得到誰的情深悠長。

所有的有關係，
最後都會慢慢地變成沒關係。

好想讓你知道，我原來並不是一個灑脫的人。

失去的就會死皮賴臉地緊揪著，好像只要我不放手，就沒什麼東西能從我手中溜走。
錯過的就會不斷地回頭，玩歲愒月地徘徊在原地，讓時間就此經過，凝固成生命的羈繫。
不甘的就理所當然想要反噬，自私的心態再也無法藏掖，連同醜惡的一面一同迸裂爆發，終究釀成遭人委棄的不堪。
疼痛的就會摧胸破肝地潰爛，任由悲傷肆虐蔓延，荒蕪的心田再也長不出美好盼望來，春爛的地方腐蝕著向陽的意志。
我並不溫柔，並不成熟，不能駕輕就熟地處理好那些猖獗的情緒。我軟弱、畏葸不前、不堪一擊，碰壁就想逃跑，受傷就會憎恨。我沒有穿越痛苦的勇氣，我只能墜落，往往一不小心，就摔成一地破爛。
我一向如此，輕易崩塌，難以生長。

記得你離開我的那一天，你不捨的神情像是在憐憫受傷的動物。
你說：「你太好了，好過了的人往往都是悲傷的。」
我不解地望向你，我不明白你的意思。

你遠離我的背影，在路燈的光影切換之中，一切朦朧得像是霧煙消失在空氣，氤氳縹緲著無情，如同一紙書信寄往彼方卻杳無音訊。
那時候的我以為只要努力對某一些人付出，就能把對方留在自己的生命中。以為，相遇和相處的過程是一種遞增，只要你願意努力，什麼事情都能隨著歲月增長。
沒關係的，我對自己說。那種即使犧牲掉自己也沒關係的那種沒關係。
可是你還是這麼說了，只習慣給予的人是難以得到更大的幸福的。
我給出了自己，卻也還是沒能留住你。

像是一場暴風雪。
風雨相困，面前的江河無法泅渡，滄海陵谷或是蒼山負雪，無一不讓我節節敗退。你是頑固的後遺症，是牢牢縛緊的韁繫，是一觸就疼的軟肋。
那一路走得如此倉皇失措，你不明不白的告別帶走了生命中一部分完好的我，從此缺失了一塊。那裡陽光無法抵達，我只能一次又一次地回到原點，一次又一次獨自經歷風雪，一次又一次被疼痛擊倒。
雪地上凝結的厚冰讓我無法前行，腳下只是無止境的深淵，我只能讓自己墜落。

後來你回來了。
我像是在茫茫大海中的溺水者遇見了僅有的浮木，我只能狠狠地拽著你，只能死命地拉扯著你，請求你來拯救我。我想，某些時候，執著和愛真的難以分辨。
可是沒關係的，那種委屈求全也沒關係的那種沒關係。
我以為可以用這種狡黠的方式延緩這條路的盡頭，可是果然只剩下我獨自在周折，我沒想過，那些我珍重的情意在你的眼中不過是另一個形式的枷鎖。
第二次墜落的時候，我仍然沒有學會自救。

我很在意。
或許也是因為我太在意吧，在你的眼中才顯得那麼容易。
一切似乎昭然若揭，我好像終於有點明白你口中所說的：好的人和好過頭了的人。你對我來說是好的人，而我是那個好過頭了的人，而好過頭了的人永遠只能成為給予的那一方。

再後來你回來了嗎？我有點忘了。
記不住我在苦澀和痛不可抑的情緒中游離了多久，疼痛和難受不斷地騰漲，我在無人問津的深海裡獨自沉溺，我一直在等你，一直在等你。
堅信人與人的羈絆不可能輕易切離，可是你總是能夠讓我失望，總是。
於是在反覆地相信、期望和嚮往的殞落中，一點一點麻木，一點一點習慣睜開眼看不見光亮，一點一點明白，你再也不是我的依仗了。
沒關係的，那種漸漸說服自己放棄的那種沒關係。

あさり
朝里
S
12
ぜにばこ
おたるちっこう
あさり

OTARU

我也曾經是個滿懷期待的人。
只是後來又是怎麼變得無情殘忍。

我花了好多的力氣，好長的時間，走過槁木死灰的荒原，拖著糜爛萎弱的身軀爬上岸。
你還是沒有來。
我好像已經知道你不會來，所以我也沒有再等。
原來我們的世界裡一直有著穿越不了的時差，而當我徹底明瞭之後，捨棄和接受就成為一件不是那麼艱難的事情了。

彷彿已經把疼痛都殆盡了，於是飛蛾的殘骸在火中燒毀得一乾二淨之時，我就再也不會感覺到疼痛。
我不再為你感到難受，那你也不再對我重要了。
只有無關痛癢的人，才不會使我疼痛。

最終，我也還是會和一切和解的吧。
無論當初是怎麼手攥著回憶在原地踏步賴死不走，還是心臟上的窪溝無法再被輕易填補，是主動地不想走到遙遠的未來，還是被動地遺忘不了難忘，無論是哪一種，最後好像都只能和一切和解。
所有的有關係，最後只能就這樣慢慢地變得沒關係。
好像一切只要和時間扯上關聯，就會有一個期限。
所有快樂的，所有悲傷的。

這一次，你別來了，我早就不在那裡了。

我真的沒關係了，那種不再需要你的那種沒關係。

歲月一晃，
卻始終學不會遺忘。

那時候的我以為，我總有一天會忘記那些心事。
我以為遺忘是件簡單的事情，不就是流入一些時間，穿經越緯，五冬六夏。像是暴雨過後那潮濕的山嶺那樣，風乾濕濡的泥土，也不過是時間的問題。
我總有一天會忘記，那些我曾經割捨不下的回憶。
即使我從來不知道，這記憶潮汐乾涸的速度。

於是有些念想，就被自己狠狠打包起來，擱置在廢置的倉庫裡頭，不再在意那裡是否有灰塵和泥土的滋長，就讓它們在那裡腐爛，讓時間蒸騰它們的濕濡，如沙石絮沫投遞進大海中，漸漸查無此物。
我偏不信，既然美好的事物禁不住遺忘，那麼那些鈍痛的心事也該被時間糜碎。

歲月真是個有趣的東西。
某些時候，我覺得我要好了，我不再想起某些人的身影，或是某些場景的記憶，我像是個全新的人，也擁有了新的夢想和遠方要去奔赴。這些都讓我覺得，從前的一切不過雨過河源，不再使我疼痛和糾結，它們只不過是人生中的一程，而我已經足夠強大去背負那些。

可是又有某一些零碎的時光，我被困在杳無生息的礁石，問題一直都懸宕在那裡，我從來沒有離它們而去，我只是短暫地視而不見。
它們漫漫堆累，終於駁裂開來，我只能毫無防備地遇溺。
一樣還是疼痛，一樣還是想念，一樣還是捨不得。
好像再也好不起來的那樣疼痛。

有時候，時間可怕的地方在於，它總是讓你以為自己可以忘記。
我想我已經很長的一段時間沒有像是這樣坐下來，窩在被子裡滿床都是用來擦眼淚的紙巾，不敢把眼睛睜開，生怕一顫動那些淚水就會滾滾而落，然後沒有盡頭地躲，躲在沒有光和看不見天空的房間裡，任由回憶轟轟作響。
不知道自己在做什麼，然後時間就過去了，昏昏沉沉，抬起頭的時候外面的天已經在發黑。
有時候，我以為自己已經可以成為一個普通的人，再也不會在沒有光的地方歇斯底里，再也不會讓自己落進漩渦裡面。
可是事實證明，原來我沒辦法，原來我從來沒有離開過那裡。
那些你以為你已經忘記了的感覺和記憶，它們會在你的不經意觸碰之下，排山倒海，傾盆而瀉，而你除了五分四散，別無他法。

原來我們永遠都沒辦法決定記憶的濃度。
你只能任由它發散，看著它侵襲你，你會疼痛，你會叫囂，你會反抗，然後下一次，你也仍然會痛成那樣。
像是心臟的某一塊徹底地腐蝕殘蛀了，壞掉的部分又要怎麼樣修補呢。

有好一陣子，我覺得自己不再那麼執著了。
我甚至覺得那是一件好的事情，當你不再執著的時候，你反而不再被自己牢牢地困住。可是我後來才知道，原來所謂的不再執著，只是那件事情於自己而言，變得沒那麼重要而已。
像某些人於我而言那樣。

原來到最後，歲月像建在身後的沙堡，我沒有能力放下，所以只能拖著記憶的擔子，一步一路搖搖曳曳地走到以後，替你記得那些你忘了的以前。
回憶炊煙作響，我只能潰不成軍。

有一些記憶埋在很深的地方裡，從來不敢去觸及。
日子猝不及防地往前走，每個人都擁有著絆住自己前行的東西，你也是吧，對不對。

済生会小樽病院

4

最難過的不是悲傷，是內心荒涼。

我好像掉落在沒人找得到的縫隙裡。

會有這樣的時刻，睡醒看著天空明亮起來，覺得面前好多巨大的石壁，好多聳立的圍牆，你被堵住在沒人找得到的位置，你無法往前走了，你也無法往後退，出走或歸來都一點意義都沒有。你知道沒人來救你了，你只能自己爬出去，你都知道，都清楚知道的。
可是，可是啊。
我終於變成無所謂的樣子，開始習慣一些痛苦的發生，開始將就著那些不情願的事情，無可奈何地看著誰來誰去，終究不再期盼誰的到來。喜歡也不那麼喜歡了，厭惡呢也倒是沒有，缺少了一些尖銳的感覺，生活毫不起眼。吶，這是不是你從前幻想關於自己未來的樣子。

有時候有一些偏執是會讓人上癮的。
從前我並不覺得我是一個情薄的人，真的，我覺得我對一切都有情有義，我總是想到要讓身邊的人快樂，想要善良，想要溫柔，於是哪怕在這個堅忍的過程中，偶爾傷害自己，偶爾委屈自己也沒有關係，至少也成就了某一些人，不是嗎。

後來有一次有一個人這樣說過我，你怎麼那麼自私。
在那一刻，所有的過往，所有的沉穩和堅忍都在一瞬間崩塌。我為了很多事情而做出的忍讓，我替你們所有人所做過的假想和遷就，就因為我沒有說，就因為我堅忍，就因為我沉默，原來，一直在別人眼中是自私的表現，一直都是。
那一瞬間才真正地明白到，原來委屈自己去成就別人的幸福和快樂，這不叫善良也不叫溫柔，那叫做一相情願，那叫做愚憨自私，那只是偽善，不是真正的善良，那是一部分的軟弱，而不是真正的溫柔。
所以吧，你說，我對於一些詞彙是真的有很深很深的偏執，比如讓我嚮往的溫柔，比如讓我沉醉的晚安，比如不朽這兩個字，不是永垂不朽，是不要腐朽，是不想成為一個腐爛的人。

真正地感受到自己情淡，是在表妹寫日記的小帳裡面寫到，在香港住了十幾年的家樓下，有一家小吃店，小時候到長大我和表妹只要經過就會在那裡買魚蛋、買燒賣來吃，一晃眼就十幾年光陰，一晃眼什麼都過去。然後有一天，這家店被封住了，結業，多麼輕易的兩個字。我和她前一天還在那裡買了小吃，說著真好吃呢。然後就沒了，一轉眼的時間裡，就拆遷完畢。表妹差點就哭了，說怎麼會這樣呢，我們前一天還在這吃著的呢。我忘了我說什麼，可能是說了一個「哦」字吧。

日久歲深，對於這件事的記憶幾乎快要被時間殆盡乾淨，在記憶中似乎佔著不怎麼重要的位置。生病之後，我的記憶力一直在下降，用肉眼可見的速度下降，我記不得很多的事。也許最大的原因是我每隔一陣子回香港，商場就會有新的店鋪，有了新的商店就代表著有舊的商店關了，這似乎是件多麼悲傷卻又多麼正常的事。

世界太過於倉促急遽，好多事情你來不及傷感，就已經迎來新的明天。霞光並未落盡，樹影就已消散。

當悲傷變成了日常，就會開始習慣。

在那很久很久以後，我才在無意中看到了表妹在網路上寫的日記，看見了她寫關於那一天的感受。寫什麼內容大抵我也忘得七七八八，只記得她說她很傷心，她很念舊，她沒辦法接受世界的快速變遷，但是表姐沒有，表姐一直都沒有，我知道她一直都是一個狠心的人。

我在那之後，第一次發現，好像真的就像是她所說的，是一個情淡又狠心的人。

我沒覺得難過，反而又再一次看清了自己。

自私且狠心的一個人。

這個世界有外冷內熱的人，也有外熱內熱的人，當然也就存在著外熱內冷的人，那有沒有一種人，是外冷內也冷的。

那個人會是我嗎，我常常在想。

可以因為一個男孩對自己不好，即使多愛他也會轉身跟他說再見，任多少句挽留都再也不回頭。也可以對一個人狠心地說你走吧離我遠一點。可以因為一件小事就和十年的摯友不再聯繫。也可以對一間十幾年的小吃店毫無感情，可以把曾經喜愛的東西看都不看就丟掉，當然也可以離開一個地方筆直地往前走，沒有留戀。
世界上真的有這樣的人嗎，真的有嗎，那種外冷內也冷的人。

某一次在和讀者的對話之中，有人問我，要怎麼樣才能變成沒有情感的人。
我想了好久，卻想不到任何的回答。
這是作為一個人類最好的情感狀態嗎？不受任何的情緒和事件羈繫，不會擁有任何信馬由韁的事情發生，不會感到劇烈得卑微的疼痛，也不會被感情的糾葛牽絆，沒有煙火的絢爛就自然也不會迎來冷冽的冬天。
生命只有窗間過馬的安靜。
好嗎，這樣真的好嗎。
沒有了疼痛和難過的生活，就真的能夠得到快樂嗎。

有一些偏執似乎成了習慣。
什麼時候我不再執著於睡覺這件事，其實有時候心裡知道，我並不是睡不著，而是在享受著那種極度瘋狂又偏執的難受，怎麼說呢，就是把自己往死裡折騰，然後看自己不服輸的樣子。
這兩天依然看著天亮起來了。出版了三四本書，寫了小說的大綱，完成了研究所所有的論文，寫了手帳日記。我的日常沒有一點改變。我想要擁有讓我心臟沸騰和悸動的東西，有嗎，這個世界真的有嗎。

生活一直都挺好的，說不上什麼太大的難關，朋友幾個，偶爾有些難過但也無非只是一些矯情的無病呻吟，談不上要生要死，只是有時，望向那些明天的日子，會有種無去無從的感覺。我覺得我真的過得很好，真的，好到一時三刻，我再也說不出任何使我悲傷的事。沒有，一點也沒有。
不是悲傷，不是痛楚，是蒼白和荒蕪，是空，像是沒有邊緣的洞。
沒有出口的。
我們都習慣這樣的生活吧。
大抵是太習慣了，所以誰也看不穿誰的落寞吧。

吶，歡迎來到我的廢墟。

時間太殘忍，
我們都不再是最初的那個人。

1

我想我已經不是原來的我了。
可是你呢，你還是原來的那個你嗎？

2

那是我們第九次的分手。
你說：「我們真的不適合在一起。」
我感覺相同的話、相同的問題早已經經歷過許多遍了，我有點不知道要怎麼回答你這句話，也不知道你是不是期待我回答些什麼。
我說：「嗯。」

我以前一直都以為你是我的軟肋，所以無論你離開幾次，後來回來找我的時候，我都是被命中要害的那個人，只能等待你去決定這段感情的去留。
可是人是會變的，無論是變得脆弱也好，還是變得堅強也好，人總是會變的，沒有人能夠一如最初的模樣。當我在傷心裡找到一個屬於我的位置，後來慢慢地在那裡熟悉著心碎和疼痛，某些傷口的銳痛就漸漸地大不如前，也可以說是習慣了這樣的痛楚和失望，於是你再來的時候，同樣的傷心已經再也沒辦法傷害到我了。
這是你想要的嗎？你不再成為我的軟肋了，這對你來說是件好事嗎？

總是會有一些這樣的時候，就在某個不起眼的瞬間裡，沒有人能注意到的頃刻之間，在自己內心下了一些重大的決定。那個決定也許是思考了很久的結果，也許只是心血來潮的衝動，可你就是想要那麼去做。在最輕柔的倏忽，下了最殘忍的決定。
就像是那些平日吵吵嚷嚷要離開的人們，並不會真正地離開，他們只是鬧嚷著自己的傷心，把真心換了一個方式呈現在對方面前，要的就是在聒噪喧騰之後，某一些人的挽留。然而真正要走的人，不會吵也不會說，他們會在日暖花繁的日子，揹好自己所有的傷心和失望，灑脫地離你而去。
我有時候在想，在我變得狠心之前，我也曾給予過無數的期待和包容吧。

你知道的，有一些失望是永遠無法抵消的。
在心底裡做了某些決絕的定論，是任由誰去推翻也沒辦法挽回的事。

我在想這樣也好，與其只是拖著彼此一天一天地耗盡對方的柔軟，倒不如就這樣子，在強烈的疼痛和撕扯過後，放開彼此。我以前一直覺得，愛情沒有答案，可是我們走到了這一步，我忽然明白，我和你的答案，就是離別，沒有別的選擇了。

3

其實有很多事情你都不知道。
在我和你分隔兩地時，第一次傳來分手的信息，我那糟糕淒慘的樣子。
你走了的那些時間，我像是在一個壞掉的鐘錶裡活著。感受不到任何的快樂，而從前的快樂卻一直一直刺痛著我。
那天晚上我回到自己的住處，身邊的安靜酷虐而巨大，我竟分不清楚是疼痛太喧鬧還是安靜太張狂。有一種深深的無力感從骨骼狠毒地發脹起來，我失重地倒在床邊，眼淚不能自已地落下，淹濕了雙眼，周遭模糊一片，眼前卻是你和我拉著手去看海的模樣，你說以後要跟我去很多很多的海邊，看很多很多朝夕的潮起潮落。我想著，如果是以前的你，見到我哭成這樣，一定會一手把我擁進你熾熱的懷中，說怎麼了你忍不得我哭。我想那時的我們，遠遠看去像是一幕美好爛漫的童話畫面。
窗外一輛車駛過，車頭燈從窗戶的一邊快速地移到另一邊去，微弱的碎光一下子映進了眼簾，面前你的樣子逐漸淡化。沒有了荒原和海洋，也沒有了你明亮悸動的笑容和疼惜，沒有了，回過神來寬大的房間裡，什麼都沒有了。

那天晚上的我彷彿親眼見到世界的殞落，你算什麼東西，簡單的幾句話，就能使我淚乾腸斷。

我持續地夢見了你。
你確實挺會折磨我，竟連唯一一些失去意識的時光節點裡，你都不給我遺忘你的機會。有好幾次我醒來坐在床邊，眼前都是重溫不盡的光景，我發現現實的世界失去了所有的顏色，你又再一次輕易地把我擊潰，不談任何情分地將我置入死地。
你不會知道，相遇的時候我把明亮都給了你，後來就再也找不回自己的光，也沒有人來收留我的黑暗。

我也試過下定決心要往前走，將你拋諸腦後。
可是啊，身體真的有所謂的記憶吧。我還是忍不住去關心你生活的一切，還是忍不住去查看你生活的痕跡，尋找任何一絲你離開我後並不快樂的蛛絲馬跡，對於關於你的一切我沒辦法做到視若無睹或若無其事，我沒辦法啊，我也知道自己很沒出息。
可是交付出去的真心，我該去哪裡尋回。

想了很久也想不明白這到底是什麼痛楚。
以後才知道，這種痛症的名字就叫做，你。

4

你重新回來找我，我又對生命燃起新的希望。
像極了一個走丟了的人在四下無人的荒洋裡只要找尋到回家的路就拚命抓緊一點點路跡線索的狼狽樣子。我想你對於這樣的我應該很寒心也很慶幸吧，我總是如你所料的那樣是個容易的人，心裡總有一個柔軟的位置，不堪你的任何一擊。
於是在後來的每一次分開裡，我永遠都是擔當著接受那一方，你是領先的人，我永遠戰敗在你的手裡。
你在我心上砸了一個又一個洞。
我想我真的很愛你。
任何一種極致的喜歡都總是摻雜著悲傷和難過。因為太喜歡了，一想到你不屬於我，就無可避免地失落。

當我對於我們有了新的期盼之時，你也總是會給予我許多的失望。
我從前也笑著說：「因為我愛你，所有一切都沒有問題。」我好像被自己從前的話絆住了腳，纏住了身體，無法往前。

有些傷疤會更替成新的皮膚，但有些悲傷卻會慢慢地變成生活的一部分。
我忽然懂得，再多的期盼也抵消不了從前的失望。

5

你曾擁抱了我的孤獨，後來也成為了我的孤獨。
愛並沒有結束我的孤獨，它讓我更加懂得孤獨。

我沒有再回應你了。
想了想，人總是要學會割捨掉那些使自己傷心的一切。
許多時候心裡都是清楚的，理論誰不懂呢，只是缺了那麼一次勇氣去實行。我終於突破了自己設給自己的岩層，逼自己去正視所有的失望和傷心委屈。
竟然發現，在你身邊的日子，到最後找不到任何一絲快樂的縫隙。

6

沒關係的，我知道所有相遇和錯過不過是生命短暫交織相近的交集，等時間蘊積成塵埃，你，或者我，會有新的人走進生命裡。
總會有人取代我的，但，也總會有人取代你。

7

這陣子，我沒來由地想起了你，跟想念沒有關係，就是想起，像突然抽取出電影的一幀畫面那樣浮現在眼前，你的樣子和我的樣子。
或者，曾經以我們來稱呼當時的你我。
我知道，變的人肯定不只是你一個。

從前的我是個多麼灑脫又獨立的人，在你走進了我的生活之後，我再也沒辦法像是從前的自己那樣愛笑了。
有時我看著鏡子裡的自己我也覺得陌生，我總是患得患失，總是為了你的事情而失落。我開始慢慢扭曲成自己最討厭的樣子，為了一些小事就滿腔憤懣，想要得到你的在乎所以三不五時就猜疑和試探。那些被我深藏在身體很深處的醜陋和頑劣在你面前都無所遁形，對自己的不自信和自卑節節竄長，逼得你喘不過氣，耽擱著生活的大小事。

你呢，也從當初的體貼變得怠慢，溫柔變得敷衍，細心變得大意，當時讓我著迷的一切都豁然消失，你的不堪也毫髮畢現。我們有著各自的芒刺在背，也有著各自的人間悲歡。
我不知道是不是這才是我們原本的樣子，還是說是時間在我們身上磨礪而過的結果。
是啊，我們怎麼可能淺笑如初。
又有誰真的能如初如故。

8

一時三刻，我好像只能怪責時間的殘忍。
歲月是個有趣又狠心的東西，一轉眼我們都不再是最初的那個人了。

可是親愛的，你再也不用知道了。
這一次，在你離開了之後，我也離開了自己。

你一身灰暗，
卻還想給別人一點陽光。

1

成為一個溫柔善良的人，是我二十三歲的夢想。
我許願我能成為一個柔情的人，耐心細膩地對待身邊的一切，明白世故而不世故，在混沌世間中選擇善良。有滿溢的溫暖可以分給身邊的人，不埋怨不自卑，清澈、通透、明瞭。掌心滾燙，目光輕柔，強大的內心能原諒很多悲傷。

2

我一直都不喜歡冬天。
在我所有的記憶裡，對於冬天，從來都沒有什麼快樂的片段。每一次生病或復發的時候也總是在冬天，像極了花朵枯萎的時候，你只能任它凋零，沒有東西可以阻止萬物的頹敗。

不像是夏天，記憶總是鮮明和愉悅，穿著可愛的小背心，放肆地開著冷氣，大口大口地啃著西瓜，額頭上的汗水如慢動作的電影特效般慢慢滑落。有漫長的暑假可以揮霍，壓根記不起那些暑期作業。雙眼望向大海時永遠明亮和雀躍。海上月是浪漫的代表，星辰讓夜晚變得閃亮。
可是冬天不是，我能想像到的冬天一點都不浪漫。每個人都穿著臃腫的大衣把自己裹得嚴嚴密密，走在路上每一步都搖搖欲墜，瑟瑟發抖，各自有各自的心事和難題。一年的最後也總是失望比希望來得多，一路走一路丟失許多活力，世界逐漸變得灰暗起來。所有的艱難都無理由地和寒冷扯上了關係，總是寸步難行，拖著沉重的步伐每一步都走得吃力，可還是覺得冷啊，夜晚在變長的同時孤寂也在悄悄響亮。

這麼說來我真的一點都不喜歡冬天。我需要讓我溫暖的事物，我需要見到陽光，我需要好起來，而不是被深埋在灰濛濛的季節裡。
溫暖的東西總能收納我們的喜愛和嚮往。

就像是我不喜歡冬天一樣，我不喜歡自己。
不喜歡自己的冷漠和無動於衷，不喜歡自己的頹圮和衰落，也不喜歡自己的尖銳和傷口，如同我們總是被溫暖吸引目光一樣，我成為不了自己吸引的對象。

3

要怎麼樣才能喜歡這個不堪的自己。
要怎麼樣才能不對自己那麼地失望。

有些傷痕像是熨帖進我們的生命中一樣，久久不會脫落。
生活裡絕大部分的心力都放在與自己的缺憾抗爭。每天真正能清醒著去做事的時間真沒幾個小時。
然後又要擔心我今天能不能睡好，壓抑住自己不能再去吃藥了再吃藥記憶力又會衰退了。睡不著的時候安慰自己沒事吧睡不著就睡不著吧也不是每個人晚上一定要睡覺。偶爾撐不下去的時候就會坐在床邊捶打自己的腦袋質問自己為什麼睡不了覺，然後天又亮了。終於滿身疲憊好不容易睡去，醒來時已經荒廢了一天，每天每天都是這樣惡性循環著。
往前走和往回走都失去自己，所有東西都在前進，只有我被滯留在原地。有時候會在想，我可能再也不能像正常人一樣去努力爭取我嚮往的生活。到頭來還是，什麼都沒有了。

就是這麼灰暗的一個人。
總說要喜歡自己、喜歡自己，可是我就是這麼一個黯淡的人，要我怎麼去嚮往灰暗，而不是陽光。

4

時常羨慕著那些能一覺睡到天亮的人，也時常羨慕著到哪裡都能帶給別人溫柔和溫暖的人。他們善良且美好，能包容很多世間醜陋和笨拙，能夠對愛人溫言細語。我也想，我也想光亮，也想給別人陽光，我也想散發美好，想要成為溫柔的人吶。

於是我試著去那麼做。
有時候我會覺得，自己善解人意，能看懂別人的難處，也會試著去拉身邊的人一把，會說一些樂觀的話，成為一個積極向上的人。在別人的眼中我也算好相處，如果世界只有好人和壞人之分那我能確定自己無庸置疑會被分到好人的那一邊。偶爾也會為了別人而委屈和犧牲自己，會為了不公義的事情而憤怒和憐惜。
可是一旦我待別人的好不如自己想像中的結果，一旦我沒有得到任何的回應和回報，一旦我持續得不到期待的相互對待抑或是彼此善待，一旦想到迎來的是掀天揭地的失望，我的所有陽光或者溫柔耐心都會迅猛地瓦解。
當溫柔和善良都被磨滅乾淨時，取而代之的是，勢不可擋的氣憤和怨氣一下子掩壓著所有善意而湧出，悲傷、憤慨、嫉恨會在身體裡沸騰，火辣辣地燃燒著自己，惡意就這樣發酵，急遽地轉化成滿身的刺，只想刺傷讓自己失望的所有人事物。
離開了人群，在沒有人看見的旮旯裡，我一仍舊貫是個孤僻、冷漠的人，我對一切事物都沒有耐心，我一如既往地不堪，甚至是負面和陰暗。

那一瞬間，我才明白，我一直都不是光亮的人，我只是在假裝溫柔。
我還是那個一身灰暗的人。

5

一個不閃亮的人，能夠給別人陽光嗎？

6

喜歡自己真的是一件又艱鉅又反覆又漫長的習題。
我還是做不好。總是花了好多的力氣去做一件讓自己滿意的事，然後好不容易做到了，給自己加了一分，得來不易，連快樂都小心翼翼，卻又在某些失落頹圮的時刻，被赤裸裸地打回原狀，甚至給自己的評分前所未有的低。我以為我已經可以若無其事地接受所有突如其來的打擊，可是也總有一些出其不意的難關來臨。

然而我還是想要學著喜歡自己，還是想要成為溫柔的人，還是想要成為誰的溫暖和嚮往，即使我做不到，即使我還做不到。

7

前陣子去北海道，看零下的雪山，零下的海，零下的白雪。

防災資機材庫

下雪的那天，人們紛紛都跑到街頭，三兩結伴到紛飛的飄雪中緩緩散步，也有人戴著厚冗的手套在努力堆著雪人，渾身冷得發抖也還是要相互丟雪球，鼻子紅紅，呼出一陣白色的氤氳霧氣，卻也緊握著對方的手。我和友人決定要躺一次雪地，用以紀念這白皚蒼蒼的景致。
雪花在暖煦的陽光下閃閃發亮，提醒著我寒風冷冽的日子裡也會有希望，跌撞的時光中也會有難忘。
雖然不能成為我的嚮往，卻也能成為一朝的美好。

原來最冷的一天也有美好，原來灰暗的人也能擁有溫煦。

8

後來才能明白，你想要成為溫柔的人本身就是一種溫柔，你想要給別人陽光本身就是一種善良。就在自己決定要善待別人的那一刻開始，你就已經成為那樣的人。
因為啊。
如果你的內心是全然黑暗，那就不會心生溫柔的願望；如果你的內心不認同善良，那就不會心生善待的念想；如果你的內心是徹底的冰冷，就不會想給別人陽光。
相由心生，是個如此美好的詞。

其實你早就已經達成溫柔，只是你不知道而已。

9

二月了。台北的冬天雨還是一直下個不停。
我仍然做什麼事都像是無法前進一樣，偶爾唾棄和鄙視自己，我仍然把自己裹得嚴實，心臟仍然空蕩蕩無法被什麼東西填滿。

可是我還是想要嘗試去愛它，去愛那些寒冷和潮濕的日子，去愛那些不如意的時光，去愛那個四崩五裂的自己。
我仍然有點灰暗，仍然想給別人一點陽光。
我仍然努力，仍然學習著溫柔。

有一些人用盡了全力
只不過是想活成普通人的樣子。

1

你說過要去遠方，也說過不回頭望。

2

有好一段時間，我覺得我可以成為一個普通人。三五朋友，上課下課，早安晚安，像每一個從身邊經過的人們一樣，平凡的、普通的、正常的。我快要可以了，真的，只要我把那些破碎藏得夠好，只要我努力地不要往回望。
看完《小丑》之後，心就一直懸在那裡。
我跟朋友們都會這樣說，我不懂電影，儘管我現在是電影學院的研究生，我依然沒辦法像是影評人一樣提出一些專業的批評或讚美。我其實是個很膚淺的人，我只想做讓我快樂的事，可是有些電影、有些事情，總是讓人很悲傷。發呆的時候會想起電影中所說的「我希望我的死比我的生命更有價值」或者是「患上精神病讓人最難受的是旁人總是期待你假裝成正常人」。

正常人，一個正常人。

和研究生的導師開會的時候，老師說他學士班裡有個女同學患了憂鬱症，詢問我們研究生一些處理的方法。我說著從前生病的事情，說著怎麼看醫生、怎麼好起來的經過。我說著那些話，像是在訴說我從電影裡看到的虛構故事，有說有笑一副事不關己的模樣，旁邊的同學拍一拍我的肩膀說，真的看不出來啊。
成為一個正常的人，總是提醒著自己，要成為一個正常的人。
你要小心，你要修補好自己，你在人群裡面不能被人一碰就碎，你要像個正常人一樣。

3

一些跟我比較親近的人會知道，跟我相約的時候不能約在早上。有些人不那麼了解，我會笑著跟他們說，因為我起不來啊，他們會用嘲諷的眼神看著我。
好一陣子沒有把藥拿出來了。
與其說是因為失眠的情況好了一些，倒不如說，只是找了別的藉口去把這件事合理化，有時候是寫稿，有時候是念書，有時候是看一些老套的經典電影。然後呢，天空會慢慢一點一點地亮起來，從深墨到靛藍，漸漸變得明亮而美好，透過薄紗的窗簾看著世界從沉默變得喧譁，像是一隻逐漸甦醒過來的獸，而我的靈魂依舊日復一日地與我自己有著時差。
好不起來的夜晚，不如就讓它們安靜流走。

曾經的我不是這個樣子。
我很深刻地記得，被這樣失眠的感覺弄得不得安寧，在韓國宿舍十二樓想要跳下去的瞬間，滿身像是爬著螞蟻，閉著眼睛是翻天覆地的暈眩，睜開眼睛是轟然炸裂的頭痛，然後想讓那裡侵入腦袋裡的想法統統消失，但是我沒有辦法，我只能束手無措地任由它們肆虐，有時會堵住自己的呼吸，有時會奪去自己的心跳。我始終處於一個半夢不醒的狀態，能感知所有東西，然而無能為力去做些什麼。
想盡了一切逃離的辦法，可是這樣的夜晚以後還會有，在將來無數的日子裡，還會這樣地銳疼，還會這樣地不堪萎脆。
我有一刻竟然覺得，成為一個普通人，居然是個需要那麼用力才能做到的事情。

4

每個人都擁有著拖曳著自己無法前行的東西。

5

每一次睡眠都像是一次戰爭。

第一次告訴家人我失眠的時候，母親哭著大聲罵我說，你為什麼不睡覺。還有一次，我跟他說，我真的睡不著，他很生氣說，怎麼可能真的睡不著，你只是不肯改變。
我說，你不是我，你怎麼知道我沒有努力。

我其實知道的，這是一場沒有別的人可以參與的戰爭。
全世界都救不了我，無論他們多麼努力。我必須自己好起來，我必須自己去接受、去承認、去面對，我必須自己變得強大，我得自己去努力，努力從黑暗的小房間裡走出來，誰都開不了這扇門，誰都不行，只有我自己能夠。
每天每天都告訴自己要早點睡，每天都和睡眠在搏鬥，每天都在為著像個普通人一樣而用盡了全力，然後一個小時，兩個小時，三個小時，直到失去所有的耐心而不斷地搥打自己，你為什麼不睡，為什麼活成這個樣子。然後新的一天就來了，依然有著堆積如山的事情需要處理，有著無數的稿子等自己去寫，還有念書，可是沒有精神，沒有力氣，明明清醒著卻沒有能力去做那些需要自己做的事情，於是等著自己的是，劇烈的頭痛，數不清的止痛藥，但是儘管這樣，我還是跟自己說，那今天晚上睡吧，再早點睡吧。
我每天每天這樣活著，可是那個人說我不肯改變，沒有努力。
求救的訊號，誰都曾經發出過，可能是一個電話、一個訊息，也可能只是一次回頭、一個眼神，但是其實我們並不是想要誰來救我，我們只是希望你別放棄我，別鬆開我。

我那麼努力地想要好起來，
你能不能在那之前，陪著我。

6

我有時候想著，人多多少少都會自我催眠的。
我也真的以為我對於自己睡不著的這件事已經釋懷了。
睡不著就醒來做別的事，寫稿、寫手帳、看電視劇、看書，天亮了吧就叫外賣早餐來吃，吃完想睡就睡到下午。是誰說晚上就一定要睡覺的，我也可以過著外國的時間，沒關係，還活著不就行了嗎。
總是這麼跟自己說，以為這樣就會好一點，可是我知道我沒有，我只是假裝自己好一點。
我依然為了失眠而歇斯底里，半夜在床邊偷偷地哭泣，也依然看著鏡子裡不成樣子的自己而覺得厭惡，我依然每天都怨恨這樣如槁木死灰般的生活，也依然付出了所有努力想活成一個普通人。
然後，再過一陣子天又亮了，天總會如期地亮起來。睡醒的我，還是會期待著明天，也還是嚮往著快樂和美好，可是啊，無論我多憧憬陽光，都不可否認，有一部分的自己正在慢慢地死去，而那些死去的永遠不可能再回來了。

冬天太漫長了，需要好多好多的甜才能抵過這樣寒冷的夜晚吧。

7

我只是想說，你為了某些事情拚命努力的樣子真的很美好，哪怕只是為了逃離黑暗。

8

這些斷斷續續的時間好像已經離我很遠很遠，我不再吃藥，不再迷迷糊糊地哭。我有了目標，將來會有新的生活，我在努力著，努力著生活，努力更喜歡這個世界多一些。
明天的我可能仍然是相同的這副模樣，但今天也還是非常努力地活著。

我們互說一句晚安好嗎，讓我知道這個世界要熄燈了。
晚安，晚安。

Chapter 4

你曾受過很多的傷
但也在歲月裡沉穩地成長。

有時候忘了數算日子，眨眼間一年就過去了。
寫日程本的時候就會發現，一本前一年準備好下一年要寫的記事本，當時從好幾本本子中反覆挑選，終於好不容易下定決心，然後跟自己說，明年吧明年再來用別的款式。從買回來的當下簇新的樣子，到一年過去，被年月的使用磨損到舊的樣子。一天覆蓋一天，很少去注意到歲月留下的痕跡，直到某些時刻，見到當新的變成殘舊的時候，才忽然想到，我可以買去年想買的那本記事本了，那些曾經以為離自己好遠的時刻，一下子就擺在了眼前。

該怎麼去記錄自己在歲月裡的成長呢？
好像某一個程度上，成長難以用數量或是單位去計算，我們只能靠著一些不算完整的記憶來紀念，從回憶裡找出一些蛛絲馬跡來印證自己最初的樣子。
告訴自己要記得，要記得受過的傷，要記得自己如何成長。

從前我不喜歡當個大人，我相信很多人都是。提及到改變，總是會躊躇，總是會覺得現在的自己不如從前，也總是會企圖抓住已經離自己好遠的曾經。轉變讓人不安也讓人害怕。好像好多的東西都隨著時間的遷移，逐漸地變了一個樣貌，也試過見證某些深刻的事衰毀，久而久之，改變成了一件讓人心碎的事。

後來才發現，總會變的。
無論是自己也好，無論是身邊的人事物也好，無論是世界也好，總是會隨著時間的流動而緩慢地變動著，就像一棵大樹在生長的過程也有不一樣的茁莊和茂盛。這就是我們身處的世界，這也是我們活著的證明。
所有的事情都不會靜止，不會停滯不前，我們會成長、會改變、會更加懂得、更加勇敢，這些事情都得要我們慢慢地去體會，也得要我們慢慢地去經歷，所以，總歸一句，有所經歷都是好的。

忍不住翻起自己去年的日記：

所有的事情都開始漸漸清晰，感覺自己又比去年的自己更成長一些，少了些慌亂和焦躁，慢慢地變得沉穩和堅忍。
當一些事情已經有過先例，我想我們都開始變得駕輕就熟，包括失去。包括遺憾。又能怎麼樣呢，明天已經來了。我想我們一路走過來，的確如此，總要慢慢地長大和變遷。慶幸自己已經不是那個軟弱又卑微的女孩，我可以大步地往前走了。

是的，所以我覺得這樣子也挺好，明天那麼長，有什麼做不到呢。

還記得是去年七月的某一天，我為一切的不確定感到巨大的慌張和徬徨之際，我向自己宣告了，要去考研究所。我想生命真的全都來得措手不及，曾經我信誓旦旦地說，無論如何，我絕對不會考研究所。然後一晃眼，經歷了新的旅程，對於生活有些無可言喻的思考，我果然也還是漸漸地跟從前的自己不一樣了。

從查資料到準備，到報名，到開始在念書和寫稿之間的焦灼，到走進考場，到踏出面試的課室。九個月，何嘗又不是一場說走就走的旅程。

面試結束走回飯店的時候，一邊回想起當時念書的各種辛酸。我之前常常在想，在生病過後，藥物的後遺症導致我記憶力急速下降，我從看兩遍就能記住的人，變成誇張到早上吃過什麼都可以忘記。有時候晚上睡不著了，會想要執起安眠藥，我會跟自己說不能吃，再吃就背不了書了。很多很多夜晚裡都在掙扎也都在疼痛的邊緣徘徊。我總是想，我可能不行了，我可能一輩子都沒辦法像個普通人一樣生活，一樣擁有偉大的夢想或是嚮往的遠方，我只能活在世界的底層，在沒人看見的地方歇斯底里，如微生物蠕動般渺茫。

轉眼間，就考完了。我記得考完初試的那天，我走出考場，陽光灼耀得讓我睜不開眼睛，我竟默默地流了淚。跟結果無關的，只是突然間心口上有一瀉而過的悸動暖住了心臟，我居然做到了。很努力很努力地完成一件艱難的事，無關結果，都能讓自己感動一輩子。

你看，其實所有事情都是這樣的，走的每一步都是祝福，付出的每一分都有意義，一點一點讓你變成更值得的人。

好像每次當你以為你已經足夠成熟、足夠強大的時候，現實總會給你重重一擊，讓你又開始懷疑自己。

依然不明白許多人情世故，依然生硬地處於世界某些潛在的法則當中，依然有時會被從前的自己絆住腳步無法前行。有時也會抱怨，也會想要放棄，更會有軟弱想要逃跑的時候，一邊走一邊疼痛，又一邊藏匿著自己的傷痕。你還有好多事想不明白，也不知道這輩子是不是真的能找到答案。甚至有時候想要一了百了，覺得明天甚是遙遠。

可是你啊，也仍然頑強地走在路上，比曾經的自己走得更遠，懂得得更多，飛得更高了。

所以，沒關係，真的沒關係，覺得痛苦也沒關係，走得風光也好，走得磕絆也罷，即使不再想要往前走了也沒關係。

明天還有那麼長的日子，我們再來邊走邊學習。

我只希望你永遠記得，那些傷痕都是你用力生存的印記，那些疼痛都是你絢爛經歷的痕跡，而你在這些或深或淺的朝夕中，沉穩地成長，成長為如今的美好模樣。

後來的事就交給未來的自己去努力。

一轉眼，我們都不再是小孩子了。

不是很年輕，也算不上老，猶如被隔裂在時光的斷層裡面一樣。

但是我想這些跟世界都無關，
成長一直都是自己的，
我們學會對自己負責就好。

每個當下的我
都是未來時光裡最淺的自己。

有時候我會不由自主地想起從前的自己。

帶著一種懷念又惋惜的神情站在遙遠狹窄的隧道出口，回頭望這條路上的自己，走得跌跌撞撞、落落拓拓，像是追逐明光鋥亮的一束光源，於是沿著路走過山水萬程。你從不知道腳下有什麼，可是你仍然走過，任河落海乾，任星落雲散。

改變的又何止一點點。

你曾試過雙手捧著自己的心真誠地遞到他人的面前，那是一顆閃閃發亮的真心啊，卻在別人的眼中成了可有可無的平凡存在，有意無意間遭受多少回的怠慢和忽視。在世界無情的推搡之下，純真和燦爛都無以復加，勇氣或勇敢都被消磨得一乾二淨，那個敢愛敢恨的自己漸漸找不著蹤影。終於還是發現自己失去了飛蛾撲火那股沉舟破釜的勇氣，不再為一個人甘願放棄全世界，也不願捨棄自己去成就誰的幸福。

你也試過投遞給生活無數的期盼和願望，它們並沒有像是潮汐返潮那樣如期地歸還回自己的身上，有些美好的未來和嚮往終究只是華而不實的幻想，你意識到自己眼中的光正在一點一點地殞滅。現實如同遒勁的捶擊，總能把你擊倒後又若無其事地往前，你花光了力氣卻無法搬動面前的千鈞巨石，你開始不知道，連現在的每一瞬間都過得那麼吃力，又要怎麼走到更遠的以後。
或者比這些都更加難受的，你抵達的遠方，爬山過淵，竭力過日，卻無人等待，心總是沒有一個著落之處。你發現那些你從前追求的山南海北，不過是一片荒蕪和蒼白。在盡可能不丟失任何人的情況下，你終於把自己丟失在迷途中的某一處。

於是後來，你用明亮的神情穿梭在擁擠的人群裡，看到的每場煙火都能亮起星辰，走過的每個地方都能築成一座堡壘。
生命永遠像是單程票，然後翻山越嶺，看著自己褪去稚嫩。你的心變得越來越堅硬，你說這挺好的，慢慢也變得不像從前那樣容易受傷，你終於把自己守成一座孤島，也丟失了許多柔軟。
你說你活不回以前的樣子了。
你說你不小心，就離從前的自己越來越遠了，而這個迢遙的距離是你再也沒辦法可以觸及的。

可是怎麼可能永遠停留在原地？
怎麼可能一成不變原地踏步呢？不可能的，你不可能永遠是從前的自己，你不可能永遠毫無成長，你不可能永遠只有那一點的能耐。
即使每個人往前走的原因和目的都不同，可是沒有人能夠阻止時間的生長，也沒有人能夠阻止自己的生長。
只是你沒看到，你在後來的日子裡比從前走得意氣飛揚，比從前少了許多懼怕，也比從前看得更多流嵐落花。

有時候我也恨歲月，沒能得到我允許，就帶走了所有一切。
可是我仍然不能怪它，歲月有歲月奔流的理由，我既沒辦法搬動歲月，也沒能力衍變時間，那麼我只能承踏歲月而去，用以滾燙我空白的一生。

有時候我卻也感謝它，感謝它送我到更遠的將來，感謝它成就了截然不同的自己，也感謝它的流逝使我越來越珍惜那些為數不多的溫柔。
每個當下的我都是未來時光裡最淺的自己。
我想我真的離從前的自己越來越遠了。我想是這樣的，沒有一個人能真的原地踏步，一直停滯在某個時刻裡。我們是流動的，時間也是流動的，是所有好的和不好的一路成就了如今。
沒有人能回去，而我也不想回去。這些自己之所以珍貴的原因就在於此，漫漫時光，許多模樣都只有一次燦爛。
偶爾會懷念當時的自己吧，但不可惜。
因為每個不同的當下我都認真地活過，每個自己都是真實的，記住這些，就都值得了。

所有的痛苦都只是過渡。

「再痛苦的事也總有一天會消逝。」
不知不覺回頭看，是兩年前的自己寫下的一句話。

記憶好像有點變淡了。我一時三刻想不起來當時的自己經歷著怎麼樣的痛苦，就像是故事書翻閱了好多頁數，你偶爾想要去回顧過往的時候，居然會一時半霎無法準確地翻回某一些你非常懷念和深刻的篇章。但是我想，無論哪一種痛苦，當下的我，肯定都被疼痛撕裂得體無完膚吧。
花一點時間去記憶。

是一個沒有人會駐足去掛念的夜晚。
街邊的路燈一盞一盞地排列順延著燃亮，世界一如既往地從白天到黑夜，喧鬧到夜深人靜。回到自己冷冷清清的住處，漸漸地明白到，並不是天氣寒冷所導致的冷清，而是心臟，空蕩蕩地失了滾燙。
「失去」讓整個人的心臟像被什麼東西狠烈地挖出一個洞，血肉模糊的狀態讓我沒辦法再顧及到生活。在這時，我只能疼痛，只能痛苦，即使尋找了無數溫言軟語的安慰也沒辦法延緩靈魂的破爛。
那個時候我發現，生命的某些時刻裡，注定會被痛苦佔據。

會有快樂的時候。
會有痛苦的時候。
也會有那些迷惘、怨恨、歡喜、絕望、悸動、釋懷等等無數個意料之中卻意想不到的時候。
如果說這些都是必然要去經歷的，如果說這些都無法逃脫，如果說這些都是所謂生命的某一個部分而已，那麼，我們只能讓它們好好地經過，借之擺渡到下一個明天。

有些痛苦在無形中被時間稀釋，像那些萬千絢爛的快樂煙火那樣，一瞬間的深刻，很快地，就被另一些深刻取代，然後一次一次地輪替著。新的快樂，新的痛苦，它們如同不同顏色的彩料，積微成著，一筆一劃地填滿生命的路途，使故事精采。
「總有一天」是我這些日子以來最喜歡的詞。無數美好的期許都蘊藏在這四個字裡，是對過去的割捨也是對未來的寄望。像是說著，我不知道什麼時候會實現，也不知道是不是真的會實現，但是總有一天吧，總有一天會忘記，總有一天會變好，也總有一天會強大起來，笑著回看從前痛苦的自己。

我說不清楚時間到底是好是壞，但是總有一天吧，過不去的事情會慢慢過去，也總有一天吧，舊的痛苦會消逝，然後會有新的快樂把未來的時光慢慢填滿。

九月過去了，我的夏天也過去了。這裡的天氣不像台北，下了一夜的雨之後就能把陽光全都帶走，然後就是風，涼涼地、靜靜地把殘餘的夏燼也帶走。那些不捨的、迷惘的、患得患失的一切，那些糾結的、緊握的、悲歡的所有東西，都一下子被上一個季節帶走了。歲月用這種殘忍的方式告訴你，日子是可以過去的，難過是可以過去的。

終究會過去的。
這並不是一句溫柔的話，它僅僅是陳述了一些事實。
縱使這個「終究」裡，沒有人看見我度過了什麼才能釀成雲淡風輕的「終究」，才能把「總有一天」走成現實，才能放寬心再去翻閱一些陳舊的故事，才能把痛苦宣之於口。
像是我也看不穿別人的疼痛一樣。

已經很久沒有被那些碎片割傷了。
當有了應對痛苦的經驗，某一些日子再走幾回，好像也就是那麼一回事了，如同安抵一個地方在那裡驕傲地立下里程碑一樣，視為珍貴的吉光片羽。
我沒有刻意成長，是痛苦讓我堅強。
希望你也是。

這個世界有許多的無情和冷酷，我只願你能穿過痛苦，破繭而出。

晚安。

每一次相遇和錯過的意義，
都會彰顯在往後的餘生裡。

我們得到些什麼，我們失去些什麼。
我們用這些失去的什麼而換來什麼。
我們因為得到什麼而又失去些什麼。
有人說得到和失去、相遇和錯過、擁有和放手，這些東西都是相對的、對立的，但其實我一直覺得，不是的，這些東西不是反面，這些東西是同時進行的。

就像是我們和誰相遇了、在一起了，就會錯過另一些人。我們擁有了這樣東西，就會錯過別的東西。就像我們的手緊握著什麼，就沒辦法再去抓住別的東西。就像是我們的心、我們的時間，如同一個完整的蛋糕，你把一塊分給了這個人，能分給別人的就減少了。
我們的目光所至只能看向某一個地方，一旦讓某一些人佔據自己的雙眸，就沒有多餘的溫柔可以揮灑。我們的人生是這樣的，如此狹小和笨拙，無法同時擁有過多的東西。

於是總會不斷地錯過。
錯過的意思是什麼，就是如果不是在那一天、那一刻、那個時光裡擁有的東西，就沒有任何意義。

本町二丁目
Honcho 2
ほんちょう
ほんちょう
ほんちょう
日川時計店

錯過喜歡、錯過機遇、錯過遇見、錯過期待、錯過嚮往、錯過昨天、錯過驚喜、錯過告別，我沒有能耐去扭轉過去，我只能悔恨美好的事物從手的指縫中悄悄流走，是不是果然錯過的都比得到的要來得深刻呢。
或許只是基於這些失去的痛楚而遮擋了那些得到的滿足。

那如果你問我，可惜嗎？可惜的。後悔嗎？其實容不得我們後悔。
但是也是因為有了這些讓人心痛的錯過，我們才更加懂得，不是每次的相遇都那麼理所當然，我們要珍惜，你不知道哪一次，可能就再也沒有機會了。

這一輩子我們遇見過很多的人，在往後的日子裡也還會和更多的人相遇，或者錯過。可能你遇上了許多給你傷痕的人，你覺得你生命中所有的遇見都糟透了，可能是誰的丟棄，或者誰的背叛，又或者是與生俱來的某些缺憾。或許是你覺得，你討厭錯過，討厭錯失了生命中的一些美好，是一個你很愛的人也好，是一個很愛你的人也好，也許是此生不可再的機會，也有可能是錯過了最美好的時光。
但就像是我說的，這些積積絮絮的相遇和錯過都有著非凡的意義，而我們的生命就是用這種生生不息的方式永遠保持鮮活。
一直都會有新的相遇，也會有新的失去。
我們和每個人的相遇和錯過都會在我們生命裡留下深深淺淺的痕跡，這就是人與人遇見的意義。

許多人問我，我們要怎麼去面對那麼多的相遇還有錯過呢？

那我會說：「珍惜每一次的相遇，記住每一次的錯過。」

好好地記住，才能在來日好好地感謝。
無論是走或留，每一個在生命中遇見的人都值得善待，都要心存感激。我們好像總是習慣這樣，習慣埋怨時間的強大，卻也總是忘了，是時間的強大讓我們相遇的痕跡變得鮮明。倘若有一天我們敵不過時間，我也感謝，感謝這些時間，成為人生最好的紀念。所以，無論一同前行多久，我都慶幸，因為一段陪伴的珍貴，與時間無關。我仍然相信，兩個人的相遇不會因為離別就抹殺了從前美好的時光，那些美好的時光會一直一直存在，陪我們走以後很長很長的路。

在人生這一趟很漫長很巨大的旅程之中，有時候最初陪伴你很久的人未必會一直一直陪你走以後很多的路口，但是沒關係，感謝你來過，感謝你們來過，來蒞臨過我的海域，來陪我走過一程，來溫順了我一段的時光。
告別有時候很遠，有時候也離得很近。
你或許成為我人生中其中一個遺憾，但你也曾經讓我的時光無憾，讓我住進你的雙眼中。

人生的路如此地漫長，我只想感謝你陪過走過這一場。

人生的遺憾，
都是歲月囑寄的浪漫。

這麼想，我從來不後悔我人生的所有遇見，即使最後還是遺憾落滿一生。

像是那稚嫩時期，渾身稜角帶刺的模樣，一身是膽地朝世界碰撞，迎面走來的每一個人都像是未知的故事。我們都是未經打磨的碎星，亮在別人的宇宙裡才漸漸學會折射出不同的光芒。在相遇的過程，第一次交出純粹的自己，也第一次被狠狠地打回，真心懸在高空中然後飛快地墜落，是曾交付善良的人也好，是曾交付歡喜的人也好，都能輕易使那時明亮的自己分崩離析。
人與人之間的相處，沒有所謂的剛好，於是總是存在著縫隙還有無法再拾起的遺憾。可能是某一次未能說出口的話，也可能是某一次的瑣碎誤會，遺憾便悄然滋生。
所有的悲傷，都像是一記耳光。

那時的朋友，現在一個都不存在於我的生活裡。
說起來有點荒唐，當年我們高舉著可樂杯說著無論如何都要一起走到遙遠的以後，現在卻在人潮湧動的大世界裡走散，有時回想起來都像是一個笑話。我偶爾挺想念他們，他們就像是很多無以名狀的行星，從我的宇宙路過。有些遺憾也有些懷念，若是和他們一起往前，現在的我，會不會變成另一個更好的自己？

後來我去到新的城市流浪，容許陌生的人在自己生命裡留下痕跡，孤傲的心卻也會徒生恐懼，會不會又像是從前那些從我生命中路過的人一樣成為下一個遺憾。
總是擁抱著過去的遺憾，於是才沒有更好的奔赴。
另一個沒有選擇的結局，是所謂的遺憾嗎。

後來我才明白，許多人的存在，於別人的生命中，不過是一記光斑。
我是短暫而渺小的光斑，輕輕地照在路過的人身上。
而他們也是，短暫地住進過我的雙眼裡。
每個人的人生都有屬於自己的軌跡，我們不在同一條路上，這並不是誰的錯。

再再後來，會因為某一些的決定，而讓自己失去了很多東西。
失去是個疼痛的詞，一直都是，提起失去就像是一腳踩進時光中漆黑又稠糊的黑洞，無論怎麼樣都無法護自己周全。總是一身是傷，也總是淋濕一片，要花很多時間才能夠走出這樣的暴雨淋漓和悲傷黯淡。
丟失了單純是人間常態，那麼丟失自己，丟失回憶，丟失重要的人，丟失機會，丟失對生活的熱愛，丟失活力，又要怎麼去接受呢。接受一直以來都是生活最難學習的一種技能，但我們卻又缺它不可。
怎麼辦呢，比起人生的獲得，淨是遺憾填滿我全部的歲月，又要我怎麼去遺忘它們。
遺憾遺憾，這麼去細數的話，每個階段、每段關係、每段歡喜和給予、每段奔赴和奮勇，都有遺憾。「無憾」大概是上帝給人類的一縷亮光，是人間理想，而我們未必能夠前往。

說到底還是遺憾本身的問題。
既然無法抹殺所有遺憾的存在，那麼就只能與它和平共處了，只能與它面對面，像與那黑潤的影子共生那樣，接受它的依付，接受它的張揚和橫行。
不用遺忘，也不用後悔，再給你同一樣的人生，你依然會做同樣的選擇。我們永遠無法知曉另一條路的風光或晦暗，所以走的每一步都如同險棋，卻又合情合理。

無論如何，從前的每一條歧路，或是某一些人從自己身旁泅渡而過，又或是對於未來漫漶不清，可能是某些城井的荒廢，某些深愛的墜落和毀壞，這些都是遺憾。很多很多的遺憾，是車遙馬慢，也是心上血淋淋的缺口總填不滿，是漫漫時光的無奈和麻木習慣，但這些我都不後悔，且不說當中我能獲得的圓滿和美好浪漫，而是這種遺憾本身使我毫不後悔。
擁有的時候能夠拾獲很多，同樣的，失去的時候和遺憾的時候我也有一樣盛大的收穫。

「可以很懷念但不能停滯不前」是幾年前一個深夜裡寫過的一句話，也剛好應驗了關於後悔和遺憾的問題。我可以讓遺憾落滿一生，可是我感謝我身上的一切遭遇，一切美好和消耗。
我也要手執著懷念和不甘才能夠懂得珍惜從前的遺憾，也要有些不圓滿才能來日學會勇往，我也要身懷痛苦和曾經痛哭，才能在光影灼爍時感激美好和浪漫。

歲月囑寄給你的遺憾，並不等於不圓滿。

在生命中路過的人，都是成長的養分。
在莽撞時遇見的人後來教會我掂量付出的真心。
在青春時遇見的人後來教會我奮不顧身地去闖。
在受傷時遇見的人後來教會我心疼愛護我自己。
在成熟時遇見的人後來教會我感激所有的遇見。
或許都是遺憾，也或許都是人生某些階段裡的圓滿和浪漫。

我不知道該怎麼去計算相遇。
人們說，成年後的世界都會漸漸地變得複雜，所有的感情關係都會摻雜著許多現實的因素，也因此，人潮中那麼多的來來往往，很少人真的能陪你走到最後。萍水相逢是世間的常態，陪伴一程是值得感激的事，陪伴好幾程是很大的福氣。
生命總是來來去去，誰又能去規定遇見的場所、分離的場景，設定好對視後的對白，鋪陳那些意料之外。也正是因為無法安排，每一次的遇見都更加迷人和驚喜。

我不知道我什麼時候會失去你。
所以，只能用盡全力，在相遇的時候，做彼此的良人。
往後，即使再多的失去，也無法抹去那些我們相遇的證據。

要勇敢要勇敢，歲月託付給你的遺憾，就當作是過去時光的一種私賞，囑告你要風雨勇往。

最好的成長，
永遠沒有所謂的終站。

你說，長大是件好事還是壞事呢。
我時常在想這個問題，即使到最後得到了答案，也好像無法阻止時光迸落。畢竟是時間和生活決定了成長這件事，我們從來沒有權利去干涉任何關於生命的問題。

對於成長或者長大，我們總是有著許多的悲傷和不甘願。
被迫長大、童年消逝、美好時光的殞落，被無情地推進了浩瀚的成人世界。

我身邊包括我自己，都總是在想，青春真好。長大是個殘忍的過程，大人的世界很複雜，很困難，每天都有面對不完的問題，每天都有一些煩惱。我們會漸漸不再純真，我們會丟失很多從前的快樂，等等。講到長大，總是會有數不盡的壞處，數不盡的問題，數不盡的埋怨，我鮮少聽到有人跟我分享，長大真好，成為一個大人真好。
為什麼呢，明明小時候的我，總是想要長大，總是想要成為大人，想要去更大的世界。為什麼呢，為什麼我終於到了我想要的年紀，卻沒能成為我從前想要的自己呢。
長大到底是什麼呢。所以大家說著，不想長大，不想長大，可是歲月是殘忍的，我們沒辦法永遠年輕，我們抓不住時間，我們只能順理成章地成為大人，無論我們多麼不願意。
我相信大家也是，說到長大，會覺得這甚至已經是變成一個貶義詞了。

我們會向世界拋出許多問題，你理解的或者不理解的，你氣憤的或傷心的，你委屈的或辛酸的。許多許多問題可能到最後都會像朝海投石那樣毫無回音，然後你會開始懷念最初的自己，是如何帶著通明的目光看向這萬丈光芒的世界，是如何期待著明天如想像中的順心順意。當來日沒能符合自己想像中拼圖的樣子，就開始失望，開始想要變回不諳世事的自己。
然而這個時候，又忽然明白過來，從前的日子回不來了。

成長好像是一個受傷的過程。
每個時刻只能苟延殘喘或絕處逢生，好多的怨恨都無法宣洩。成為大人了，要懂得約束，懂得成熟，懂得感恩。大人要有大人的樣子，你不再是小孩子了。

後來我才知道，這不是成長的終站，而我們永遠沒有所謂的終站。
只要還活著一天，都在成長，都在努力，都在學習。
這時我突然明瞭，我之前對於成長的困惑和怨望，不過是基於我還沒成長到下一個階段的我，還沒有足夠的強大，也還沒有足夠的能力去面對關於成長這件事。同時代表著，還有好多事情要去經歷，而彼時的我，必定又是另一個更加完整的我，而彼時的我，回過頭來看今日的我，也會覺得有許多不成熟，就像我回頭去看過去躁動的自己那般。
在自己反覆受傷和練習的過程中，逐漸地變得堅強和強大。
還在路上，你還在這條路上，沒有止息，顛簸不停。

有一次和友人談及到付出的時候我說到，接受和給予之間，永遠選擇付出那一方，只有足夠強大、心臟足夠富足、足夠勇敢的人，才可以做到。
用盡所有的真誠去對待每一個人，雖然有時候拋回到自己面前的是糟糕無比的東西，或是背叛或是捨棄或是利用或是揶揄，可是這也妨礙不了我去真誠地對待下一個人，下下個人，下下下個人。
我終於可以長大成懂得給予的人。後來的每一次關於成長的批判裡，我都在想，在殘忍的成長過程中，我們留下了些什麼。
噢，原來是原諒還有付出。
是的，原諒，小時候覺得這是個好傻的詞。不好的事情為什麼要原諒，受過的傷為什麼要原諒，崩裂和撕痛過的為什麼要原諒。
可是也終究明白到，寬容是內心強大的人才能擁有的從容，我期望自己能成為那樣的人，因為那樣的人，一定擁有豐碩的溫柔。

原諒一些錯誤的發生，接受一些遺憾的存在，懂得一些悲傷的原因。
最好的成長，是變得越來越溫柔，對世界越來越寬容。

難道成長不就是這麼一回事嗎？
既然我無法拒絕成長，那我就要讓時光踏著感謝而來，說承蒙你的努力，成為更加溫柔而美好的自己。

不想再為了更好的世界而努力的時候，就為了自己努力。
生活不可愛的時候，要記得讓自己可愛。
人間不值得的時候，就讓自己值得。
世界不夠溫柔的時候，就自己成為溫柔。

這也是一場偉大而不負從前的成長。

就用想念來預所有遇見。

——獻給表妹阿欣以及她可愛的A504號房的五位室友。

1

A504號房是我永遠的禮物。

2

「鈴鈴鈴——鈴鈴——」

某個不遠的角落，是手機響起那萬惡的死亡鬧鐘鈴聲，我翻了翻被子，沉重的眼皮依舊撐不起來，只能依稀感受到宿舍有光透了進來。

耳邊聽到一陣噪響，室友陸陸續續地從床上爬起來了，噢，今天禮拜一要上早八呢。

我艱難地坐了起來，睡眼惺忪地等待著。上鋪的位置旁就是電風扇，我瞇著眼盯著風扇在轉動，殘舊的風扇轉動的時候會發出吱啞吱啞的聲音，天天都煩，可是又沒辦法。

我們房間總是這樣，都是同一個班上的女生，上的課都幾乎一模一樣。早上總會有個人的鬧鐘響起來，然後一個接著一個起床，六個人會連洗漱都慣性地跟著次序，等大家都弄好了，就一起出門。

去到教學樓那裡，我們會整整齊齊地分前後兩排坐，方便課間的時候耍廢聊天玩耍。上完課之後自然地六個人一起移動到學校飯堂吃

飯，有時候實在是吃不下飯堂的食物就會用手機點開外賣app叫六份外賣。

午後，沒課的話就回宿舍休息，各忙各的事。等到黃昏時天開始慢慢暗了下來，有人寫完作業，有人在床上睡覺休息剛醒，有人在角落彈著吉他，有人剛下課回來，甚至也不需要說什麼話，大夥兒不用約定也會自然地聚在一塊，去學校北門那條小吃街買晚餐。有時候是三個人出門去買，另外三個人在宿舍裡找一部電影或是綜藝節目等著一起吃晚餐的時候看。

然後一天就這麼平凡地過去了。

確實是沒什麼可以紀念的東西——

「鈴鈴鈴——鈴鈴——」

我伸手從床邊摸到了自己的手機，看了一眼時間，七點了。

眼前的一切從模糊逐漸清晰，熟悉的房間、熟悉的書桌、熟悉的窗外、熟悉的家，看清楚了面前的所有事物，沒有那吱啞不停的電風扇，也沒有那壁癌嚴重的破爛天花板了，頭頂是無聲的空調在運轉著，是我舒適的家。

很多很多這樣的早晨。

總是會有個人的鬧鐘在沉寂的寢室內猛不防地響起，然後展開新的一天。室友的聲音在身旁有完沒完地聊天，講著一些女生們的心事和傻事，我會偶爾插上兩句話。有時是冬天的早晨，走向教學樓的時候，六個女生挽著彼此的手臂抵禦著寒風。

曾經以為這樣的日子像是一條長長的隧道那樣，風沒有盡頭地呼嘯而過。
可是現在，這樣的早晨，再也不會有了。

想念真是件無語凝噎的事情。
就是你儘管跟別人訴說著你的想念，可是在別人的耳裡聽不出你的焦灼以及想念的深度。有些氣泡的發騰總是在身體很深摯的地方，總是沒有開關，不是說停就能停止的一場狂亂。

就是在回頭遙望的時候，才發現自己已經走得好遠好遠。
也是在回頭遙望的時候，發現這些瑣碎的日子一直一直惦記在心尖上，從來都沒有忘記過。

3

其實可以紀念的事情多得很。
把日子像是物件那樣攤開來看的話，就會發現那些暖陽春草、夏悸秋颯、冬涼夜靜，每個時光中的細微縫隙都落座清晰，值得覆滿記憶的每一隅。

像是命運使然那樣，在這間小小的房間裡，我們每一個人都是不同星座，我們的生日都那麼剛好地隔開兩個月，填滿一整年的月份。每逢慶生的時候我們就會去吃火鍋和唱卡啦OK，一邊喝著啤酒一邊慶祝某人又老了一歲，深夜一起互相擁摟著走回宿舍。街上空蕩蕩的，是歡樂填滿了那些年月的空寂。飲酒醉眠，風光落滿一地。

又那麼剛好地，沒有人性格屬性是一樣的，有學霸也有學渣，當然也有成績浮在中間的學民，也就那麼剛好，每個人對於未來的期望都不盡相同。有人想考研，有人想當老師，有人會去實習，結局都是各奔東西，但是談到告別，大家都一笑置之，明日那麼遠，又何必擔心失去。我們只管面前的霜寒露重，別去念茲來日的相異途軌。

我們一起去考了駕照，雖然大家都沒摸過車。可是第一天學車的時候，教練知道我們幾個一起，就讓我們其中一個人開車練習載其他人。我們幾個坐在後座嚇得半死，一邊埋怨著室友開車的慌亂和失措，一邊又在嘲笑著對方膽小的樣子，教練在車上聽著我們的吵鬧也不禁搖搖頭笑了起來。笑容從我們幾個的臉上蕩漾開來，那燦爛的嘻笑如同後知後覺的路燈，卻在很久之後那些月亮熄滅的夜裡偷偷遲鈍地照煥著我。

還記得某一個炎熱的下午，有個室友經期低血糖，在寢室暈倒了。我們幾個嚇得驚慌失措，連忙背著她跑去校醫室。安置她躺下之後，我們都著急地圍在病床旁，醫生配置了一些藥品，問她有沒有男朋友，因為有些藥有男朋友是不能吃的，會對身體有副作用。室友躺在病床上虛弱的樣子張口講不出話，我們緊接著異口同聲地說：「她沒有。」醫生有點莫名其妙，大概是心裡在想：問的又不是你們，你們為什麼要替病人回答。可這就是我們長久相處以來的默契，有時也許連一個眼神都不用，就能夠清楚關於彼此的事情。

有時候我在想是不是上天伸手束管你的人生時，故意安插進生命裡的幸運，饋贈給你溫暖的相知和陪伴。

到了後來，我要去考教檢的面試，考場安排在一個離學校很遠的地方，要在那裡附近住一個晚上，我害怕一個人獨住，於是找了其中一個室友陪我去。那一晚，我太緊張了，請她陪我練習，她一直陪我看考古題看到深夜。我睡得不太好，或許是太過於焦慮了，翻過身我看見她也還沒睡，她說你一定可以的，輕聲跟我說了晚安。熬到天亮了，她陪我到考場，天氣溽暑，她孤零零地站在外面等我。等我考完已經是過了好幾個小時之後的事情了，我一出來馬上奔向門口，見到她依然在同一個位置站著等候。那地方有點偏僻，不知道她是不是沒找到地方坐，腳後跟被皮鞋磨得有點流血，我迎她小跑過去，她笑著說以為我在裡面暈倒了。我說不是，她就說：「走！我們去大吃火鍋！」然後我倆肩搭著肩，大步昂首往前走。那時黃昏低垂，夕陽把天空染得發橘，她柔軟的背影和所有美好都溶成一塊，濕濡了我面前所有的景致。
我們一起經歷了太多太多，為了吃一頓美食而一起跨越大半個城市；為了一部系列電影而約好以後的人生無論多忙也要相聚在一起；為了能夠相互陪伴大家，一起去學校門口不起眼的工廠打工，熬過那一個個賦閒的週末；為了期末考全宿舍挑燈夜讀，一起通宵背書，互相監督著對方的進度，互相嘲笑著對方一個比一個大的黑眼圈；為了鍛鍊身體一起夜跑，跑完之後卻又到學校門口吃宵夜，談天論地。沒有人在意過匆匆流去的時間，我們只知道，那時的快樂，寫滿了純粹。
所謂陪伴，大概就是有人能夠攏住你所有內心的煙花。
太多了，可以紀念的事太多太多了，流水潺潺湧至，世間萬物都在這些頃刻間收落在這些點點細碎的想念裡。

現在這些都像是灑滿路上的月光痕跡，我回頭一看，全是寶藏。

4

幾年的光陰用一朝說再見。

畢業的那天，我們誰都沒有哭。
那天早晨，我們一如既往早早地起床，穿好學士服，準備著一會兒的畢業典禮。宿舍裡因為東西凌亂地散落一地而揚起許多灰塵，那把煩人的舊風扇還在吱啞作響，天花板也依然滿布著像是隨時隨地掉落下來的牆灰。磨蹭許久，我們終於出了門，急忙地往綜合樓走去。典禮期間，我們如往常一樣講著沒有營養的垃圾話，拍著無厘頭的照片，嬉笑打鬧，消磨著青春最後的時光。從我們語氣裡幾乎聽不出一絲不捨，就像是這只是一個寒假或暑假的前夕，大家各自收拾東西回家去那樣。
典禮結束後，我們回到宿舍，開始一件不落地打包著自己的行李。那個逼仄的位置，稍微往邊上一探頭就能清楚地環顧整個宿舍。我往上一看，頭頂的櫃子上是我四年來一點一滴填滿的裝飾。總是習慣看完電影或者演唱會就把票根貼在上面，有手作的偶像手幅，有買過的吉他撥片，還有洗出來的照片，每件事物，大大小小，零零碎碎，忽然鋪滿了我的雙眼。有些角落就是平常理所當然地一眼略過，到真的要收拾掉的時候，才發現自己是多麼不捨。

我拖拖拉拉地收拾東西的過程中，有室友已經相繼離開了，留下了道別，就像是過幾天還會再見的那般雲淡風輕。
我是倒數第三個走的，走的時候剩下的兩個室友都還在看劇。

看著寢室一點一點地清空，倏忽記起來到A504的第一天，我們一點一點地把它填滿的模樣，現在又像是時間回轉，季節變動星移物換那樣，回到最初的時候。

我說：「我走啦！」

「嗯好，小心回家。」

把行李拖出門，告別的話輕輕說，然後接著把門關上。

我轉頭來看A504室的門牌，想著很多很多以後，會有新的人在這裡經歷青春，經歷新的相遇，經歷很多一起念書和瘋狂的夜晚，經歷熱淚盈眶，還有時光機也回不去的歲月。

經歷離別，學會說再見，學會往前走，學會想念。

下樓之後，見到家人的車停在宿舍門口，我把東西一件一件搬上車，然後坐上後座。

車子緩緩啟動，慢慢地沿著馬路駛經學校，一路開到學校門口。

身邊的風景在窗外漸漸倒流，從清晰到罕漫，一切都像是染上漬黃的光暈，熟悉的宿舍、熟悉的小店、熟悉的食堂、熟悉的教學樓，一個個我曾經每天都會經過的地方在面前晃過，有一瞬間那些美好的夢境像是跟現實重疊那樣，我能從第三者的角度看到四年來的自己——

和她們懶洋洋地走出宿舍去買吃的快樂背影，早上差點遲到時六個人在晨光中奔跑的匆忙背影，唱歌到凌晨五點翻牆回宿舍的狼狽背影，考試考砸了靠在室友肩上的喪氣背影，還有一個一個獨自離開宿舍、離開學校走向光一樣未知的未來的孤獨背影。

再也回不去了對不對。
青春真的就像坐在車子裡看著窗外的風景一點一點地離自己越來越遠，而自己只能看著。
再也回不去了。

各奔天涯，但也要各自安好。
我們要像是茁壯成長的稻穗，盛開在各自的季節，豐收在各自的莊園。

5

新的日子如期地到來。

現在的她們不再出現在我的生活裡了。
我們不再天天面對面聚在一起，我們關心的不再是學校和作業，偶爾談論到彼此現在的生活都淨是從前聽不懂的大人現實。
人們口中所說的長大就是這麼一回事嗎？

不是。
我依然相信，美好的回憶不是一種悲傷的存在。
現在我的生活和從前截然不同，我開始上班，開始賺錢，開始成為小時候拚命想長大成的大人，也開始現實，開始計較，開始世故。
可是有一些事情是永遠不會變的。
當時的我是最純粹的我，而這樣的我，真真切切地活著。
往後的日子裡，只要我躲進某一段有她們的時光裡，我就能從那裡得到源源不斷的溫暖，因為我們一起經歷過的一切，從來都不會改變。

大家都在往前走了。
我也是，我也在往前走。
背負著很多美好的從前，然後往前走。

每一個階段的完成就代表著新一個階段的人生開始進行著，生命是涉水爬山的過程，千里迢迢而去，在峰稜上望過去一路的旅跡，歲月的足跡漸漸沉進更深的海底，我們都是這樣一步一步承載著從前的回憶和想念到更遠的地方去。
所有的遇見都像是短暫駐足的雲霧，世間萬物都流動不止。
有時候我在想，假如我們每個人都是一顆星球，那我們一輩子會擁有成千上萬重疊在自己星球上的光錐。我還會擁有很多很多新的遇見，眼睛裡會掠過浩如煙海的光斑，像最初遇見她們那樣，也像是我人生每個階段與某些人的告別那樣。

我用惦記，來祝你萬事勝意。

6

有一陣子這首歌是我的單首循環：

I will miss you
人生的路我只能夠陪到這裡
揮揮手 別說再見好嗎
自己轉身走吧

I will miss you
親愛的人把擁抱當最後祝福
謝謝你 現在我才明白
有你並不容易
（鐘易軒－I will miss you）

——我真的好想你們啊。
——真的，很想念很想念。

7

光學上有一個很浪漫的量詞叫做流明（lumen），是通量（luminous flux）反映了人眼對不同波長光的變化敏感度，是從一光源放射出的可見光的量度。
真浪漫啊，被你們的光蒞臨過我的星球，如耀眼流明，人和人的相遇也在此折射出不盡相同的溫度和亮光，星辰也入我眼，來紀念我們的遇見。

感謝你來過。
感謝你來觀睹過我的星球。

8

我要把歲月溫柔入殮，用沉沉想念，不負畢生所有的遇見。

Chapter 5

你

接受自己的平凡，
原諒自己的缺憾。

試想像，你在一個公開的場合，那裡有各種形形色色的人，然後你會和不同的人聊天，講很多關於自己的故事，而後對方給你做出了一個評價，他說，你真的是一個平凡的人欸。
有一瞬間，你一定會想，對方怎麼好像是在罵自己？

從什麼時候開始，平凡、普通、日常這樣的詞語，在生活中漸漸地變得負面，從中性詞變成了貶義詞，而我們甚少會聽到有人在自我介紹的時候，說，大家好，我是誰誰誰，我是一個平凡的人。也沒有生來會有這樣的夢想——我想要成為一個平凡的人。在所有人的故事和人生裡，平凡這個詞從來都上不了檯面，從來都不是對於一個人來說最好的評價和稱讚。

從小到大，我都覺得我是個特別的人。如果人生是一部電影，那在我的視角裡，我一定是主角，我想沒有人會覺得自己在自己的故事裡是一個配角，對吧？我覺得我就是我，就是一個特別的自己，我跟所有人都不一樣，我在自己的世界裡，一直都是一個優秀的存在，無論其他人承認不承認。我相信自己有一天會成功，相信自己有一天會出眾，我相信自己的故事就是最好的故事，所以從小，我就做著偉大的夢想，我想要成為一名作家，想要寫一些能夠改變世界的文章，想成為別人眼中的出眾。世界上有那麼多想要成為作家的人，但我在我的故事裡面就覺得，嗯，是我了。我就是下一個發光發亮的人。

我想許多人也曾經是這個樣子，像我一樣，幻想著只要自己寫著寫著有一天就會被發現，就可以成為一名出眾的作家，我會像我喜歡的作家那樣得到所有人的鍾愛。我想沒有人覺得自己是個平凡的人，永遠都想像著自己閃閃發亮的樣子，永遠覺得自己獨特，永遠覺得自己是不可多得的存在，所以沒關係，我總有一天會被發現，我總有一天可以成功，哪怕我什麼都不做。

第一次意識到自己平凡，是我高中的時候。
那時候的我，做著一個大大的作家夢，喜歡寫作，喜歡寫小說，從那時開始寫了十幾二十萬字的小說手稿。在一所英文的中學裡喜歡著國文這個科目，甚至每一次的學校作文，我都可以拿到相當高的分數，每週都是當選貼堂的人。這些都不斷地給自己印證著，我就是一個不平凡的人，我注定有一天會出眾。

終於有一天我鼓起了勇氣，把自己寫了兩三年的小說，給我一個很要好的朋友看，她花了一些時間把我的手稿看完，然後她說，好看是好看的，但就是故事有一點普通，感覺不怎麼特別。
對於十六、十七歲的我而言，就像是一盆冷水潑在我的頭上。
故事之所以能夠成為故事，一定有它特別的地方，不然，它就被稱為日常。而我花了許多的時間和心血去成就的一部作品，在別人眼裡，只是一個普通平凡的存在。
原來我一點都不特別。

我在自己的第一本書裡寫到從前的自己：

讀書成績平平，算是中上，但卻永遠拿不到那最耀眼的第一名，也沒差到做最獨特的最後一名。在老師眼中算是乖巧，卻也不算是特別乖巧，因為還有一些人更會討好老師。永遠做不了最受人注目的一個，長得也不差，反面地來說長得也不算好，就是普普通通，無所附麗的平凡。
把所有美好的詞彙用上了，也只不過是單純、天真、愛笑、樂觀，都掩蓋不了一個突兀的詞——平凡，太過於平凡，平凡得在任何一個人的青春裡都一定出現過那樣的一個人物，甚至還有時候不會察覺自己的故事裡出現過這樣的人物，就是這麼平淡，無奇。
有時候會敏感，只是因為一丁點大的事情就覺得開心或是難過。
受不了那些不公義的事情，卻也因為膽小而從未為它們發聲一次。
非常討厭落單的感受，討厭自己不合群而用盡全力為難自己去擠進一個熱鬧的群體裡面。

從不是什麼美好的人，甚至心底裡偶爾還是會出現一些黑暗負面的想法。
這就是我，學生時期的我。
太過於寒磣以至於到後來的日子裡，我都不忍回想起那時那個如此簡樸到無味的自己。

這才是我，這才是在所有人眼中的我，不是那個喜愛寫作到奮不顧身，不是那個隨手揮筆就成一紙絢麗的我，也不是那個什麼都不做就能成為明光鋥亮的人的我。
原來啊，我是如此地平凡。

於是在漫長的成長過程裡，我慢慢地意識到自己的平凡性。
每個人都一樣，每個人都想成功，都想成為了不起的人，而自己，只是芸芸眾生裡面渺小的存在，像一粒沙子埋沒在淺灘上。泯然眾人，沒有我還有千千萬萬個有著偉大夢想的人，比我努力的人大有人在。我們都渴望成為第一名，可是第一名永遠只有一個，多得是，後面無法排列，沒有終止的芸芸眾生。我問自己，要怎麼辦，你看，遍地都是和你一樣的人，他們和你一樣擁有夢想，他們和你一樣，想成功，想變得優秀，想獨一無二，可是那麼多的人，我像是一滴水溶進了茫茫大海裡，甚至找不到蹤影。

所以那樣的話曾經擊垮我很多次，努力有什麼用呢，努力的人多得是，卻還不是滿地都是平凡的人。努力也不一定有好的結果，努力那麼累，我覺得自己做不到。

這個世界從來沒有捷徑。
卻多得是妄想要一步登天的人。

從香港來到了台北念書，進了國文系，我不再是那個從前在班裡國文成績總是最好的人，我身邊的同學們，每一個都熱愛著文學和寫作。我不再是獨一無二的存在，我不再獨特了，取而代之的是，平凡的夢想，平凡的熱愛，平凡的生活，和所有人一樣，不甘於平凡卻又無奈平凡。
經過很長一段時間的怨恨，我只能漸漸地去接受自己平凡的這件事。平凡又怎麼樣，平凡才是人生的常態，你看，世界上那麼多的人陪著你過平凡的生活，你並不孤單。如果寫不出什麼獨特的故事，那就寫平凡的故事吧，最終重要的並不是在於你有沒有因為寫作而變得成功，而是在於你寫作過程中得到的歡快和滿足。

在接受了自己的平凡後，我仍然持續寫著一些平凡的故事。我寫不出家喻戶傳的魔法世界，寫不出武俠小說裡的俠骨柔情，寫不出偵探故事裡的抽絲剝繭，但我能寫出我自己，屬於自己的平凡人生、平凡經歷和一些繁縟卻細膩真切的平凡故事。

總觀所有我崇拜的人、嚮往的人們，無論他們有沒有所謂的天賦也好，說到底，他們都是從平凡中努力著的人。原來沒有人是可以毫不努力就成為自己想要的樣子。
終於明白，我一直以來認為自己不平凡，並不是因為我生來就是一個多麼獨一無二的存在，而是在漫長的長大過程之中，自己背地裡所做過的努力。

這個世界上從來都不存在著僥倖的人。
今天我能夠出了自己的書，終於能夠在這裡和大家寫字說話，都是用自己的努力去鋪墊的路。當你發一篇文章沒有人看見，那就發兩篇，兩篇不行，就發十篇，十篇不行，就寫百篇。於是這樣子，你開始累積的，不止是自己的努力，而是自己的熟練。還有那些幾十萬字的小說手稿，還有幾千篇零零碎碎的散文。
在那些沒有人看得見的夜晚裡面，桌前那盞鵝黃色的燈在眼前晃著，久遠時代裡的手稿筆記本，寫了又刪，刪了又寫的檔案。還有延綿到現在，那些失去睡眠的時光裡，歇斯底里熬過的夜晚，從小到大看過幾百本的散文和小說，手機裡的電子書和佳句，背過字典裡面的單詞。
後來慢慢地悟出了一個道理，你想要做的事情，其實永遠都跟你是否平凡無關，它只關乎你的努力。我相信這個世界上沒有絕對獨特的人，也沒有絕對平凡的人，而能夠區別於我們每個人的不同，是我們對於一些事情努力的程度。
你想要做的事情，你就該付出努力去完成。
你多想要做到，你就付出多大的努力。
世界永遠都是相對的。

還好我們擁有漫漫餘生，還好我們擁有迢迢歲月，你的努力將永遠熠熠生輝。

為了不要辜負你努力過的日子，請你不要放棄，我們再努力一點，再努力一點就能成為自己想要的樣子。那麼，從今天開始，不要覺得平凡是一種遺憾，反而因為平凡而能夠更加地勇敢。只要我們足夠努力，平凡的人也能擁有很精采的人生。

平凡也好，缺憾也好，都不會是阻止你努力的藉口。
你千萬別忘記，所有的故事，都是從平凡開始。

記於二〇一九年初 Ted 演講後。

你的努力不是為了讓別人喜歡你，
而是為了讓你更喜歡自己。

你來到這裡，一直都是為了尋找對自己的歡喜。

這個世界從來不關心你喜不喜歡自己，只關心有多少人喜歡你。
慢慢地，你發現這個世界就是這樣，充斥著目光和評價，所有人都從別人的眼中找尋著自己的存在。於是大家為了要成為那個所有人口中的好，付出了多少的努力、多少的煎熬、多少的忍耐。

成為個討人喜歡的人吧。
成為大家都喜歡的人吧。

這樣的話變成了一種致命的魔咒，一刻不停地充塞在我們的生命中，無聲無息成了無法逃脫的藩籬，成為了我們的日常，也成為了我們的期望。
我們像是被拴住的動物，走不出更大的世界，被囚禁在別人的目光裡。

忘了從什麼時候開始，你不再讓大家看到你的不愉快，大家都喜歡樂觀的人，你又何必非要保留你的悲觀。
忘了從什麼時候開始，你不敢承認自己的弱點，只能放大地展現自己的優點，你怕別人知道自己的不堪。
忘了從什麼時候開始，你不再誠實地面對自己的內心，你開始分得清什麼要說什麼不要說。你開始圓潤，開始懂得社交，開始知道要跟哪種人交朋友，開始計較，開始假裝成為大人的樣子，開始偽裝自己。
有時候連你也不是很懂自己，卻又無可避免地，被什麼東西緊緊地束縛。

日子總是讓人對現狀麻木。
在很漫長的一段時光裡，我不喜歡自己。
我以為當所有人都喜歡我的時候，我就會快樂，於是我說著別人喜歡的話，做著別人喜歡的事，成為別人口中認為美好的人，我以為那樣，我就會喜歡自己，喜歡別人喜歡的自己。而其他人永遠都不會知道，我為了成為那樣的人，在背地裡花了多少的力氣，才能夠變成現在這個模樣。
但是為什麼，我終於做到了，自己卻還是不喜歡自己呢。
那些對自己的歡喜，好像從很久以前就被埋藏在很深很深的土壤裡。

我開始慢慢地想，如果連我都不喜歡自己這個樣子，那別人喜歡我又有什麼意義呢？
原來，不是這樣的。是從一開始就錯了，搞錯了這一切的目的。
搞錯了問題的答案，像是一塊突兀的石頭錯置在完整的拼圖裡，怎麼努力都填滿不了心底的那些蕭疏。
我以為我所有的努力都是為了要讓別人喜歡我，所以我花光了力氣，但卻忘了那個別人喜歡的模樣根本不是那個我喜歡的模樣，所以我不快樂也不覺得滿足。
如同一個沒有底的深淵，如何深陷，都觸不到地。

原來，一直都不是別人喜不喜歡自己的問題，而是你喜不喜歡自己的問題。
你燦爛地笑著的時候，你悲傷退縮的時候，你意氣風發的時候，你任何的時候，喜不喜歡這個真實的自己。終於發現，在過往的幾千遍回望一路走來的泥濘時，哪怕一次也好，好像都從沒有真心地欣賞和滿足這個稱為「自己」的人。

最近我回頭看的時候，忽然覺得，這樣子不錯。現在這個自己挺不錯的。開始覺得，原來我經歷的所有事情都是有必要的。走了那麼久，終於走到了這裡，讓自己喜歡自己。
終於不再為了誰而努力，為了什麼目的而往前。終於也學會在疲憊之時，感謝奮身奔跑的自己。終於在認真回顧的時候，感謝自己。
也終於找到了埋在深層土壤裡，被遺忘很久的對自己的歡喜。
你說吧，我一個這麼平凡的人，都能夠成為自己嚮往的人，所以說，我相信你們也可以。
可能在那之前，要走好多的彎路，可能還要有好長的一段自我懷疑，可能還要承受許多磨難。但是你要相信，你總有一天能夠走到那個你夢想的位置，成為你心中最嚮往的存在。

是作繭自縛也好，是妄自菲薄也罷。
我們都是這樣，為了讓別人喜歡自己花盡了畢生的力氣，卻忘了去問問自己，喜不喜歡自己。
我們沒有做錯，確實在某程度上不算一件壞事，誰都想要成為一個受別人喜歡的人，沒有人例外。只是，從今以後，我們這樣吧，在努力的時候，也問問自己的意見，在努力的時候，也為自己努力一下吧，努力去成為自己眼中好的自己，而不是別人眼中好的自己。

許一個願。
願你以後每一次的變好，都不是為了別人，而是為了自己。
願你終於不再做別人眼中的你，只做自己世界裡的唯一。

當你的生活越來越純粹，
留下來的反而越來越珍貴。

好像有一段這樣的時光，我用盡了我能想像的所有方法，拚命地逃離孤獨。

我認為一個人的光榮、一個人的美好就在於別人眼光中的自己，於是我找盡了所有的朋友，手機總是響個不停。儘管不熟但又有什麼關係，我能消磨掉我所有的時光，能填滿我生活的空虛，我不用自己一個人去面對寂靜，我擁有熱鬧的生命。我要大力地向世界宣告，我不是一個孤獨的可憐人，我擁有許多朋友，我存在於很多人的生命裡。

從未細想，一切不過是捕風捉影。

然而，如期地，走在夜晚靜謐的小路上，只有路燈無聲地陪伴著我前進。回到那像打仗般凌亂的住處，自己默默地開了燈，幾面牆壁在巨大的沉默中和我僵持不下。我站在空空如也的房間，聽不見自己任何的聲響。

恍如隔岸觀火，靜瞥熱鬧和美好，但裡面沒有一分是屬於我的。

格格不入是用來形容我和世界的距離。

然後開始重新回想一遍，剛剛所有熱鬧的畫面，他們像是被按了消聲的電影一樣，只有浮誇的表情，沒有真誠的聲音，朋友臉上虛偽的笑臉，我聽著我覺得不好笑的笑話，得體地露出了笑容。他們說再喝一杯的時候，忍住覺得難喝的臉孔硬生生灌下去的酒，大家有意無意之中表現著自己美好的生活，燈酒繁盛，原來依然抵不住我內心的荒涼。

有那麼一瞬間，你發現自己原來什麼都沒有，那麼滿的生活，內心卻是如此空洞。

就是沼澤，你越是掙扎就越是深陷，越是往前奔跑，就越是滯緩於原地。

也如同在透支著未來的快樂。

很多人不喜歡孤獨，其實換句話來說，只是不喜歡獨處的時候去面對自己。

因為在獨處的時候，無聲的空間裡面，自己每一個樣貌都被無限地放大。熱鬧的時候我可以用其他吵鬧的聲音來掩蓋自己，但那些喧囂的聲音都被抽走了以後，四下無人，寂靜無聲，所有好的自己和壞的自己都那麼明顯地浮現在面前。

你開始發現原來自己那麼地乏味，生命沒有一絲的樂趣；你開始發現自己原來如此地虛偽，甚至都難以脫下自己的面具，你開始覺得迷失了自己，忽然不知道哪一個樣子才是自己真正的樣子；越來越多孤獨的日子裡，你越來越迷失了自己。

有些人會這麼說，過於孤獨的生活會讓自己迷失。但這是基於他們認為孤獨這件事，是一個貶義詞。我們會害怕自己的孤獨，會受到別人的目光影響，會被這個世界定義，甚至更多的時候是自己定義了自己，認為自己是可憐的，認為自己是不被愛的，認為自己就是孤苦零丁的。但若是換一個方向去想，如果孤獨不是一個貶義詞呢？

其實，孤獨在我們生命中也是必須存在的。

你要有認識自己的時光。

熱鬧的時候，我們總是透過別人的目光去認識自己，很少自己真的能夠了解自己，真的喜歡些什麼，真的討厭些什麼，真實的模樣是什麼。因為我們在人群裡就少不了一定會介意別人的目光或是想法，也因為這樣我們的樣貌漸漸地模糊起來。

相反孤獨能夠讓我們看清自己的本質，因為少了外界的聲音。你站在鏡子前，才能看得到自己全部的模樣，一些我們刻意去隱藏的缺點或是我們過於放大的優點。

為什麼認識自己那麼重要？因為唯有真實地面對自己，才有改變自己的可能。

你要有改變自己的時光。

平時我們的生活，周遭有太多的聲音去告訴我們該怎麼去做才是對的，去左右我們的思想和行動，但獨處的時候，你終於可以屏蔽所有來自外界干擾的聲音，你終於可以聽一下內心深處，那一把微小的聲音在說什麼。

當你空閒下來，你有更多的時間去做自己喜歡的事。可以自己去努力著，可以在沒有別人影響的環境下自我提升，比別人向前跑多一點點，比別人更努力一點點。

特別是我，我非常喜歡自己獨處的時光，我可以放任自己做任何的事情，可以沒有雜念地去閱讀去寫作。孤獨讓我擁有了一座安靜的孤島，我能安然在裡面天馬行空。

你要有喜歡自己的時光。

當你能夠在孤獨裡面找到一個自己的位置，開始去嚮往，開始去改變原來不夠好的自己，開始去提升自己，開始學著在沒有人的時候勇敢和成長，你會發現，你會慢慢地越來越喜歡這樣處變不驚的自己。你開始變得強大，變得自由，你開始不需要誰的肯定，能夠在四下無人的時候自己給自己安全感。

最大的聲音來自自己，最好的夥伴是自己，最大的安慰是自己，最大的賞賜統統都是自己。

日子可能會變得蒼白，但更多的是平靜或是平凡。熱愛生活不一定是要熱熱鬧鬧、風風光光、四處流浪。偶爾看書，週末和心愛的人去海邊發呆，偶爾和閨蜜知己吃飯喝啤酒，也是熱愛生活。做自己喜歡的事，也許平凡，但偶爾孤獨卻偶爾幸福，知足就好，這也是熱愛生活。

當你的生活越來越純粹，留下來的反而越來越珍貴。
因為孤獨，因為懂得孤獨，因為嘗試過極致的孤獨，所以當有人來了你的世界，當有人願意陪伴你的時候，才會分外地珍惜。
沒有誰的陪伴是理所當然，沒有誰的存在永恆不變。

記於二〇一八年底於松山文創園區學校展覽演講後。

活成善良的樣子，
不為世界所及。

——「還是要善良、還是要相信。」
是我二〇一七年底寫給二〇一八的自己。一些年月過去，難過的事依然俯拾皆是，翻開日記看到這句話，心還是潮濕的。
或許最平凡的願望其實才是最難實現的，相信好像是件不用去思索的事情，卻在時間的流逝裡慢慢變成需要去練習、需要去努力的事。善良也是，本該是一些理所當然的習慣，卻在世界打滾的過程中，慢慢地變得不容易。
有時候也會氣自己，讓自己更加無情、更加狠毒一點，可是有些事情沒辦法就是沒辦法。
嚮往的特質豈是想變就變。
總要有人固執地想要為世界留下一些美好事物。

以前覺得成長的可怕在於我們終究要去習慣，習慣這個世界原本是充滿爛人和爛事的。
現在，我會覺得，成長的可貴在於，我們越來越有能力去決定自己應該要成為怎麼樣的人。
永遠改變不了世界的，可是，我們可以活好自己，不為世界所及，就是最好的善良和溫柔。

其實這個世界是永遠不可能變好的。每天仍然會有許多遺憾和虐心的失去，仍然有猜疑、不安、背叛、失落、辜負、錯過、委屈、離別、謊言、誤會、失望、不甘，這些在生命中不斷重複地上演著。不好的事依然會發生，悲傷依然無處不在，留不住好的人，壞的人卻依然滿山遍野，所以其實這個世界是不會好的了。
這個世界永遠不會好了，我們改變不了這個世界，但是，至少別當自己討厭的那種人吧。做個善良的人，做個善良的人然後讓身邊的人知道這個世界上仍然有善良的人存在。

世界已經足夠差勁，也許我們最後沒什麼出息，會被欺負，有點笨，常常碰壁，還會很多時候懷著一些惡毒的想法，自卑醜陋自私怨懟，但這些都沒關係。
也許我們生來並不善良，但最重要的是我們選擇善良。

前不久看了一個二十歲少女晚上坐計程車被殺害的新聞，心裡面太難受了。
那個女孩才二十歲，打扮得漂漂亮亮下午準備出門去和朋友吃吃飯逛逛街，她與我們一樣樂觀開朗喜歡看電視劇，花季年紀憧憬著世界的美好，我無法想像她在死之前懷著怎麼樣的恐懼。
世界是如此地充滿惡意，還看見許多聲音在檢討被害人，說肯定是因為她的打扮、肯定是因為她的穿著。
從小就被教導說女孩子就不可以晚歸、衣著要檢點、不能打扮得太漂亮，說女生就是要安全小心一些。假如今天你被人搭訕了多看兩眼就是你穿得太暴露，因為你是女性。假如今天晚歸出事就是你晚回家不注意安全，因為你是女性。發生了什麼事就被說是不小心沒有謹慎，因為你是女性。為什麼女性要承受這樣的觀念。
然而，別人只會跟你說，那就別穿短裙了吧，別化好看的妝，別晚回家。為什麼？誰叫你是女生。

我一直以來都不喜歡看新聞怕自己戾氣太重。但是這些事情每天都在發生。一直都在發生。今天二十歲的小女孩出事了。過一陣子有人會遺忘，世界飛快地向前，沒有人會記得了。然後重複的事情一直在發生，社會沒有進步。
可是怎麼辦啊，我們很渺小，渺小到像一粒塵埃，埋沒在人潮裡，我們永遠改變不了什麼，我們只能被湮沒。但至少，我想要令自己的存在給世界帶來那麼一絲絲的溫暖。我做不了太陽，只能成為萬千星辰中微微的光，溫暖不用太多，一點點就好。

善良，不需要你是一個偉大的人，不需要你足夠優秀，不需要多麼努力，不需要花到你的金錢和時間，不需要你溫柔或是強大，不需要你捨身成仁，什麼都不需要。僅僅是一個無堅不摧的信念，僅僅是絢爛紛擾世界中一個小小的抉擇，僅僅是一些堅守的相信，僅僅是，僅僅是，一件輕而易舉的事情。
不過是一些相信吧，渾濁世間裡的一點點小期盼，哪怕是一點也好，起碼這個世界，不會因為自己而變得糟糕一些，或是還能夠，因為自己的一點點善良，讓世界上的某一些人感到溫暖或是也開始有點相信善良。

星星之火，也可燎原。
我說，我做不到萬千星辰，我點燃不了這個宇宙，但起碼，能成為漆黑夜空中的一盞小燈泡。它也許很快就會熄滅，也許我連自己也溫暖不了，但是，我堅信，遠方的人看到這盞微光，他們會相信，前方有光，未來有路。

這也許是善良最可貴的地方吧。
不是因為沒有見過死蔭幽谷的險惡所以善良，而是因為懂得世界的悲傷，懂得人心的荒涼，懂得社會的灰暗，才想要守住自己內心珍貴的善良。
後來的我不再執著於世間的藏污納垢，也不糾纏著人潮洶湧裡的爾虞我詐。我們也許不能影響世界些什麼，但能讓自己活得乾淨且磊落，溫柔且善良。或許多少還是會受點傷吧，有時候也會想這些溫柔和善良為自己添了多少難過和悲傷，可是啊，一定會有人善待這樣的自己，一定也會有人跟你一樣，選擇善良和溫柔。
因為它是一個選擇，因為它是一個不需要任何理由的選擇。

每一次回顧過去的時候，第一件事不是去數算今年的自己有什麼成就，而是去慶幸走到今天也還是覺得當個善良的人真好呀。即使今年也遇到許多不好的事，可能也就是曾遇過許多不好的事，才要自己千萬千萬要保持這個善良磊落的自己，一直一直。

善良也是一種驕傲的偉大。

記於二〇一八年秋。

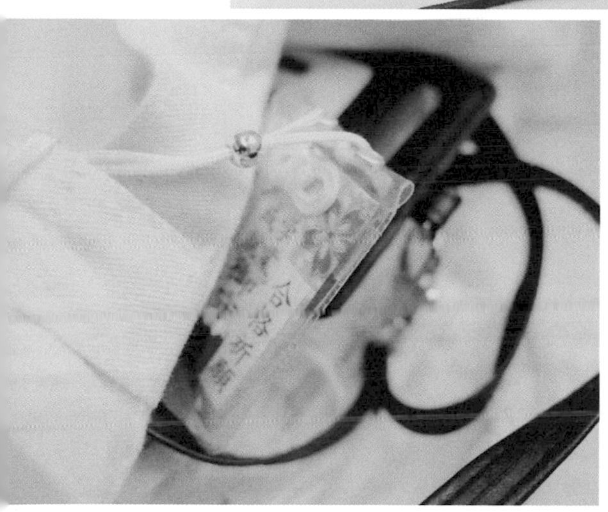

你是如此溫柔的存在，
有你的世界也不算太壞。

——以此紀念我的偶像，祝你生日快樂。

0

今夜は月が綺麗ですね。

1

不懂得日語，只是在很久以前聽說過這句話的小故事。
夏目漱石在學校當英語老師的時候，曾給學生出了一篇短文的翻譯，請同學把I Love You翻譯成日文，夏目漱石說不應該直譯，而應該婉轉地翻譯成「今夜的月色真美」。
我想他的意思是，今夜和你看的月色比任何時候的都還要美。
或者是，和你一起看月亮，一切都更美了。

今天月亮好大好圓，我在走回家的路上，想到了你。

十二月六日那天很忙，本來想寫一篇文章祝你生日快樂，可是想了想，你說過你討厭別人幫你過生日，所以我不想祝你生日快樂了。
那麼，祝你天天快樂，生不離笑吧。

2

每當到你的生日，都在提醒我，這一年走到了最後一個月囉。
然後又提醒我，你在我的耳機裡，在那些心事無法著落的夜晚裡，在四下無人的黑暗裡，讓我有樹可依，有光可借，有遙遠的星辰可望。
雖然有些事聽起來很矯情，可是也許越矯情的心事卻又越是真切。
你的的確確接住了我許多的徬徨還有墜落。

在別人的眼中，不是所有的歡喜都被讚頌的。親情之間、情侶之間、友人之間的感情總是能稱之為高尚，可是談到對偶像的喜歡，總是不切實際，也總是被人看不起。
我記得我曾經在日記寫了這樣的話：
「不是我喜歡他們，是他們在救我。」

3

給予和獲得，其實很難定義。
在喜歡偶像的過程，會花錢、會花時間、會花力氣，那麼能交換回來的東西，也是一樣的嗎？
不是的，不是在同一條軌道上的。我們能給的是支持、是應援，當然還有花錢。但同樣我們能拿到的，不是那種真實生活裡的感情，而是一種嚮往美好的力量和光芒。
我不要他們愛我，單單是我愛他們這件事就足夠讓我熱愛生活、期待明天。我要更加努力生活，努力工作，我要再去見他們、要成為像他們一樣優秀的人。因為吶，他們就是一群可以驅逐黑暗的人。
有些人只要存在著，就足以支撐起美好。大概是種這樣的情感吧。
所以你看，一直都是雙向的，而且說不定，我們本身得到的、收穫的其實更多。

讓一個人努力活下去或者成為更好的人的理由很多，也許別人理解不了自己的情感，如果有什麼能讓你持續地對生存滿懷希望、滿懷熱愛，那麼請你不要去質疑、不要去抗拒。
勇往前進，擁抱讓你熱望的一切。

4

「我樂苦多」成了我最喜歡的一句話。

起初我以為是，我的快樂沒有我的痛苦多。
像是過去無數的日子，會埋怨那些痛苦的來臨，會一直問，為什麼是我，為什麼倒楣的人總是我，我不夠善良嗎，我還不夠資格成為一個溫柔的人嗎，我還不夠勇敢嗎。為什麼，為什麼我需要承受痛苦呢。為什麼這個世界總是以各種千奇百怪的方式讓我厭惡這個世界，讓我厭惡生活。
總是沒有答案的，所有對於生命的為什麼，都總是荒蕪，總是沒有任何意義。

再過了一陣子，我認為我樂苦多是，我的快樂和我的痛苦一樣多。的確，在許多痛苦之下，我總是很容易忘記一些快樂的存在。因為快樂總是不夠鮮明，總是容易稀釋，總是會隨著日子慢慢蒸發，所以也總是最先從記憶裡擦去，留下的只有對於過去的悲傷或是難過，而快樂銷聲匿跡，像沒出現過那樣。所以我學會了紀念，紀念所有燦爛，寫手帳也好，寫文字也好，拍照也好，每一種方式，都是為了想把一些事情留下。在我無可避免忘記的時候，替我記住所有快樂。
其實快樂一直都在，只是，只是我們沒有注意而已。

再後來，我樂苦多就像是你說的，我樂於承受更加痛苦磨難。
緩慢地，緩慢地，面對痛苦的時候，學會原諒。

你看啊，世界上會有一些東西的存在，讓你知道世間的美好，而你會因此懷抱更多勇敢、更多溫柔。

5

一些追星日記。

一月《人生無限公司》結束，像是一場夢的終結，平凡的我們終究回到平凡的生活裡。

二月、三月在失眠生病和考研的焦灼中去看你們的商演，在會場裡哭得亂七八糟。我說我不行了我走不下去了，你唱著那句「有什麼是你永遠不放棄？」讓我咬緊牙關走了好遠的路。

四月去赴了大阪櫻花之約，就在研究所考試前一週，走你十幾年前走過的路，每一步都像是祝福，見到我樂苦多，許下一些美好的願望。

五月在香港見你們，你就在面前對著小孩唱歌，我又再一次覺得，想要成為像你一樣溫柔的人。《人生無限公司》的電影上映，二十號那天，就在香港的首映會裡，我和朋友們有幸被你們點名站起來問問題，我像是被神偷偷眷顧了一下，和偶像說上了話。

八月初的犀利趴，你唱了〈玫瑰少年〉，我聽著聽著又哭了。你唱著：「會有人全心的愛你。」月底再次到鳥巢，我展開了北京的新生活，你又再一次為我充滿了電。

十月上海見你，在蒼白的生活裡，你遞來了一把溫暖。

十二月了，我忙得有點睡不好，平常完全不能早起的我，早上總是驚醒。有天晚上我在零下八度的北京，翻開這年寫的演唱會手帳，一邊看一邊哭，又重新去聽了二〇一七年跨年的憨人，滿腦子都是「總有一天」這四個字，總是叫我相信著。

我到現在都還是會夢到有一次我快碎得拼湊不起來的時候，山長水遠去聽你們唱歌，坐在最遠的位置，你一開口唱歌我就哭了，哭得好慘好慘，聲嘶力竭，然後你說要相信，我不知道要相信什麼，可能是相信自己，可能是相信明天，但是那一刻才發現「相信」真的是很美好的詞語。走出會場的時候，我擦乾自己的眼淚，抬頭挺胸又再去跟生活較量。

滿身瘡痍、千瘡百孔。
可是沒關係，前面有陽光在等你。

6

我在上一本書《你的少年念想》裡寫到：

……
生活的絕大部分都是由對你的歡喜組成的。
……
是你身上的光照在我的身上。
……
在喜歡你的過程裡，也跟著一起閃閃發亮。
……
就像是隔空撫平了你生活所有的褶皺。

那些走不下去的時間裡，
那些想離開世界的時間裡，
那些怨恨自己的時間裡，
有個人，有些美好，在遠處的地方，等你，等你站起來親自走過去。

7

在心裡偷偷存著一個小盒子，把想對你說的話都存進去。
你聽不到，沒有關係，你不知道，也沒有關係。
喜歡和相信一直都是自己的，只屬於我自己的。
所以這些意義我知道就好。

就像光永遠是光。
追逐一顆星星，不需要靠近和觸及。

8

嘿，一年又過去了。
新的一年，依然想要謝謝你。供養了我黑暗裡的全部光線，也供養了沙漠裡罕有的水滴。在那些難熬的夜裡用歌聲贈予我一身溫暖，你依然在耳機裡陪伴我前行，用心唱的每一句都聲聲入耳、擲地有聲，唱進了沒有人能輕易踏入的柔軟心臟裡。謝謝你陪我熱淚盈眶，也陪我跋山涉水。陪我步履不停，也陪我歷遍山河。你成為我孤單身影後的支柱，成為那顆遙遠天際讓我不斷往前追尋的星辰，也成為一座堅硬的高牆，支撐著我不能就此崩塌。離途時你說用力地飛吧，歸途時你說那就回來吧。你依然像是遙遠的光，在迷失的路上當我專屬的路牌，更溫柔地隔空抵擋了許多來自世界的惡意。謝謝你讓我成為更好的人，也讓我擁有了你千萬分之一的溫柔。有時候我覺得人生不過如此，有一些盼望，還有一些擱在心底的歡喜。

今夜は月が綺麗ですね。
風も優しいですよ。

「今夜的月色真美。」—— 我喜歡你。
「風也溫柔。」—— 吶，我也是。

9

最近讀到《我最美好的回憶》裡莎岡寫給沙特的情書，有一句話讓我久久不能忘懷，不同的譯本也有很多不一樣的感覺，我最喜歡的版本是：「這個世界瘋狂、無情、腐敗，你卻一直清醒、溫柔、一塵不染。」

請容許我接住你的墜落。

你總是帶著悲傷的神情。
像是一顆碎裂的沙石被投進了漆黑的湖裡，除了揚起了些許的灰塵，就再也沒有任何波瀾，沉默的顆石沉到湖底，自成一片惆悵的天地，熄滅了身上所有的燈。
你說你壞了，靈魂的某些部分如石子般丟棄在某些不起眼的時刻裡，你再也找不回來了。
有時候我覺得你與這個世界，像是隔了一片海洋，沒有誰能夠穿越山高水遠地踏進你的國境。你存在著，有時候也會笑得開心，只是那些笑容裡好像都缺少了一些快樂，而你每一個無所謂的表情都說明著你的傷心和你對這個世界的失望。
你說你所有的不甘都只是對自己的失望，可是無能為力的東西拖著你把以往的問題一犯再犯。
你好像是世上的第五個季節，所以沒有人讀得懂你。
你好像活著，又好像不在這裡了。

我不懂得你的困境。
我也救不了你，沒辦法替你去承受你此時此刻的難過。我沒辦法教你怎麼離開痛苦，一萬個人有一萬個傷心的宇宙。我踏不進你的國境，降臨不了你的崩岸，所以你說我沒辦法感同身受這句話都是對的，我的確不能，不能把你的難處原原本本地搬動到自己的身上，也不能替你傷筋動骨。
你終究還是把自己關得很深，那裡星纏和皓月都無法抵達，那是只有你自己才能經歷的綿亙心碎。
就像歸鳥沒法子阻擋萬花在四季中獨自的熾盛和衰落，我也不能替你走完你人生裡的潮起海落。
也許我某一些看似若無其事的話語會不小心侵犯到你的河岸，也或許是某一些人不經意露出疲憊的眼神讓你想要走出黑暗的決心節節敗退，或許是那個你一直以為是你的太陽的人突然與你走上歧路不折返，這些都無一不讓你更加崩析和潦爛。

只是，我想要你記住。
你永遠可以墜落在我這裡，只要你願意。
我救不了你，但我可以陪你。
我阻止不了你落淚，但我可以試試擦拭你的淚。
我不能使你忘記悲傷，但我可以陪你一起悲傷。
我沒辦法拉著你往前走，但我可以在不遠的路口回頭等你。
風雨無阻，晨夜共路。

還記不記得我和你說過的那兩段話？
「有時候我也想不明白人為什麼要活著，要去承受壓力或者痛苦，假若生命裡的悲傷比快樂多，那我們是為了什麼而活，我時常這樣問自己。有時候也會上網去搜尋各種死去的方式，想要離開這個世界。所以我不勸你，我知道所有自以為是的勸告都只是自說自話，像個笑話。只是我希望你在想死的時候，想一想你曾經遭遇的事，再想一想你仍然活到如今的原因。你可能不期待明白，也可能厭倦著現在，你可能找不到生命的出口，也或許找不到一切的意義，但我想說，我希望你好好對待自己，讓自己快樂。世界算什麼東西，你可以不用去顧及，但我要你千萬千萬善待自己。倘若離開世界是你善待自己的方式，那我也會祝福你。只是或許，或許生命會有不同的答案，你需要自己去找。」

「我想，曾經想過要去死的你，一定是對活著這件事太過於執著才會這樣。因為對世界的失望，因為世界並不是你想要的樣子，才會想要離開這個世界以及離開你自己。但是親愛的，我每次有這個想法的時候我都回看那些自己熬過來的歲月，走了那麼長的路才來到這裡，那麼現在放棄所有的事情，就太過對不起曾經備受煎熬的自己了。我曾經聽過這樣的話，如果你現在很想要死去的話，那就告訴自己，明天再死去，如果明天同樣也是那麼想要死去的話，那就後天死去，如果後天也一樣那麼痛苦的話，那就大後天死去也不遲啊，多活一天說不定你會感謝自己，啊那天沒死去真的是太好了。上天讓我們來到這個世界，一定不只是想讓我們感受到悲傷，世界那麼大，生命裡總不只有悲傷和痛苦。這個世界也許不會變好，可是你可以啊，你可以好起來，或者好不起來也沒關係，可至少活活看嘛，活著總有一天會感受到生命的溫暖的，你要相信，你要等待。」

沒關係，你可以慢慢來，我還可以等。
不要害怕墜落啊，你看這山河世間，不僅有星月炤爛，還有風雨猝集。除了給你舉踵思慕，也予你朝夕生死，我不禁在想，沒有光的日子也不過是日升日落中的一隅之地，這一趟人間有去無返的旅羈，我們不能只愛明光、只愛星月、只愛豔陽，我還要奮不顧身去喜愛墜落。

現在的你，在經歷許多遲鈍的黑夜，它們在你身上積壓出半生的痛楚和苦澀，用烏雲攏住每一把溫暖的火光，可是啊，我在這裡向你伸出了手掌。
沒關係，我來接住你。
提醒你來日方長，有的是晴朗。

你是溫柔的隱喻，也是歡喜的載體。

——一篇記錄那些我認為的片刻溫柔。

1

願你失去了很多，卻仍舊熱愛生活。

2

我真的太喜歡努力的人了。

不像是光影灼爍的星辰原來就會閃閃發亮，也不像是見光透影的月亮沒被雲朵暗藏起來時的皓皓當空，這些都不是，頂多只能稱作是被隱沒的美好。而長途跋涉無論山長水遠地去瞥見美好和陽光才是真正讓人嚮往的，不是幸運、不是與生俱來、也不是什麼偶然地拾獲，是你為了某些事而竭力而為，追趕歲月和日暮，收藏汗水和疲憊，手執不悔和勇往，把痛苦和悲傷內化成獎賞和徽章，如風逆潮聲。
試問有誰不喜歡，有誰能夠阻擋這樣的人發光。

這種心情大概讓我回想起我考研結束的那個午後。走出考場，第一個反應不是擔心也不是焦慮自己有沒有考上，是心臟在滾燙地跳動著。你知道你在奔跑，每跑一步都在喘氣，額頭上的汗水滴個不停，有時候你也覺得自己再也跑不下去了，有時候被疲倦攏住了整個身體。可是你仍然跨越了許多失眠和疼痛的夜晚，你仍然壓住了許多放棄的念頭，一步一步沒有捷徑，踏實地往著憧憬的遠方去。那一刻，我忽然明白，其實得到得不到，抵達不抵達都已經不是最重要的事了，我就是在那個午後的那個瞬間，被自己稍稍地感動了。
真的喜歡努力的人吶，或許最後發不發光已經不重要了，重要的是你多麼努力地想成為星辰啊。

3

後來才發現沒有人可以波瀾不驚、冷靜地喜歡一個人。
當你心生歡喜的時候，你會變得自卑、會不知所措又小心翼翼，那些你所有鋒利和囂張氣焰的樣子都被消磨得一乾二淨。你有時也不明白，像你一個這麼俐落的人，遇上那個人的時候卻也張口說不出半句話，千言萬語萬馬奔騰都被你自己揉進骨子裡了。真正的喜歡，永遠是笨拙的。

像是我穿越人海去見到你的時候，我明明有好多話想說，最後卻是如鯁在喉，把數不勝數的情意匯成了一句「你好」。
喜歡的時候，真的會變得好笨拙。

可是歡喜確實能抵過歲月漫長，所以下次再見之前，我靠著這一點歡喜，就能撐過這個漫長又寒冷的冬季。

4

「你是人間的不可失，卻也是人間的不可得。」

後來想起，有人能夠攢在心尖上是件多麼動人的事。我不管明月前身，也不論傷筋動骨，可以無視所有歧路，哪怕你只是一記託辭，也想要將你捧心念茲在茲。
最怕是，如今你獨身游慢，心中缺然如一座荒城，你再也無可念之人，再也無狂渴的念想，縱然再無悲戚晦暗，卻再也無星河浪漫。
所以啊，沒關係，儘管萬物皆不可得，可對一些人的歡喜卻是可以渡你走過山水萬程，這樣就夠了。你雖不可得卻也不可失，待明日將至，就將那人歸還給明亮晴空。
已經夠了，僅僅對一些人事物的心動，就足以讓生命更加豐盈。

5

以前我以為，有一些傷是一輩子都不會再好的了。
愛過的人像是在心上鑽了洞一樣，蛀下了久久不落的蟲印，任歲月喧騰，卻也難以填補所有的窟窿。在那個潰決的地方，花開無葉，葉中無花，四海八荒，我覺得自己再也不會愛上誰了，已經早已丟失愛人的能力。

可是原來不會的。
明天那麼長，會有下一個人來到我的生命。
那些人會和從前的人都不一樣，我的模樣不同，他的模樣也不同，我或許不能像愛從前的人一樣愛他，給過別人的東西再也給不了他，可是將來給他的東西也不會給從前的人。
人與人之間的溫度和柔軟都在相遇的時候盛放出不同的光芒和花序。

山茶花慢慢地開，之於這個世界我們邊走邊愛。

6

和自己說：
你要和末日賽跑，趕在末日降臨之前，去尋覓一些不談朝夕的快樂。那些明天的憂傷就留給明天的自己，好嗎？

7

你身上的光，是我給你的喜歡。
如果有一天歲月沒收了我對你的喜歡，你不過如擦身而過的平凡。

8

還是別想那麼多了。

把受過的傷和壓抑的倔強拿出來曬一曬，心上的悲傷和疼痛擱在當下，好好把悲傷的日子走完，讓痛苦從身上路過，把傷心耗盡才能繼續前進。
世界確實不盡人意，我們日復一日地生存著，總是受傷，總是碰壁，時間短短匆忙，天地人來人往，來日也許並不方長。讓生命不是只有生存，讓昨天成為人生的養分，讓自己走的每一步都認真。
生命是一場盛大的失去，重要的從來不是緊握，而是拾獲。

讓自己回歸到生活裡吧。
感受自己生命的溫度。偶爾悲傷，儘量善良。想見的人就去見，想做的事就去做，別執著於別人，別為難了自己。能快樂就不要等，失去的就別去怨恨。認真對待擁有的東西，努力去實現嚮往的生活，學會釋懷無能為力的事情。偶爾悲傷負能量，卻一路走得踏實。對得起自己的盼望，不辜負曾有過的迷茫，執得起失去的過往，也念得起逝去的難忘。
我知道，活得很累的你，一定是很用力很用力地活，才會如此疲憊。想到這裡，就覺得我們每個人都了不起，都有各自的疼痛，在各自的深淵裡沉溺，也都在各自的絕望裡生出點點光芒。

其實吧，也不是一定要成為多成功的人才稱得算是美好，也不是定要優秀，反而是平凡的小日子裡，日日朝生，不負熱望，有歲月可以回顧，有未來可以相約，就是最好的一輩子了吧。
往著自己想要的地方去吧，再努力一下，你那麼值得呀。
最後，走到哪裡都別忘了最初的自己。別讓世界掏空了生命。

我希望你路過人間，滿載溫柔而歸。

後記／

在還可以溫柔的時候，就不算一無所有。

寫這本書的時候比我想像中的還要艱難也還要痛苦。

我不知道在我書寫完我的光明與黑暗（第一本書《與自己和好如初》）之後，我還能不能去書寫自己，然後在不斷邁進的旅途裡，我總結了自己生命裡的關鍵字（第二本書《想把餘生的溫柔都給你》），在我覺得我再也拿不出故事可以寫的時候，我想要在青春燃成灰燼前去紀念所有年少的時光，於是有了第三本書《你的少年念想》。每當我覺得我好像要停在一個地方的時候，卻又在不知不覺緩緩地走到了下一個路口，然後窗前過馬，時間總是能帶我走到更前面的地方。

到了這本書，在和世界的多次碰撞和角力之後，我想書寫世間的銳利與柔軟。

這幾年開始寫散文的日子，總是有人問我什麼是溫柔。

儘管嘴裡總是說著要溫柔、要溫柔，可是說實話，我其實一點都不覺得自己是一個溫柔的人，我常常悲觀、厭世、尖銳、負面，壓抑不住身體裡滿脹的頹圮和崩壞，我一點也不覺得像我這樣的人能和人間所謂的溫柔扯上關係，於是這成了我畢生想要去努力的目標。我腰後有一個很小很小的刺青，是二〇一六年時刺的「溫柔」兩個字，提醒自己在漫長的餘生裡，成為一個溫柔的人。於是同樣的，在我幸運地開始出版之後，我在作者介紹那裡寫了「終其一生想要成為溫柔的人」。
我不知道自己對於溫柔的執念是從何處而來，大抵是生命中各種遠征的遙路裡感受到世界從我們身上刻劃的深刻和刺痛，所以覺得溫柔真的不容易，所以更加覺得溫柔真的很美好。

一直說著要溫柔的我們，是否就真的知道溫柔代表何物。
其實說實話，我不知道，我仍然不清楚，也仍然常常在思考，到底溫柔的真正含意是什麼。於是總是在想，還沒搞懂什麼是溫柔的自己，真的有資格書寫溫柔嗎？真的、真的有資格成為溫柔嗎？真的可以給別人帶來溫柔嗎？
我不知道，我沒有答案。

有一段時候我覺得溫柔大概就是善待自己。在我總是想要成為別人眼中的「好」而忘記了自己的快樂的時候，溫柔大概就是能夠好好地提起自己，再好好輕放每一瞬不同樣貌的自己。
後來我做到了，又覺得溫柔是熱愛世界，熱愛生活。去過不同的城市生活，每天為了自己的目標和期待而努力，心臟每天每天都在為熱愛的事而滾灼跳動，不辜負每一個片刻，不辜負生命裡的所有的人事物。

然後有一段時間，覺得溫柔不是遷就也不是軟弱。不是因為迫不得已而去做出讓步，不是虛偽地戴著一個善良和美好的面具，也不是因為不夠勇敢而停住了抵抗拒絕這個世界的腳步。
後來我覺得溫柔是原諒。
溫柔是放過自己。
溫柔是長大。
溫柔是成熟
溫柔是懂得和珍惜。
溫柔是一身悲傷卻想要發光。
溫柔是星辰、月亮、天空、大海和太陽。
溫柔是自成一片人間煙火。
溫柔是一種自由
溫柔是不打擾。
溫柔是不遺忘。
溫柔是抵達嚮往。
溫柔是如同雲朵包容藍天和雨季。
溫柔是善待世間萬物。
太多了，太多太多了，原來我一直說不出來溫柔是什麼是因為，它太多了，太多東西都能代表溫柔，太多東西都是溫柔的存在，所以我找不到它的定義，因為溫柔無處不在也隨處可見。

書寫到這裡，其實至今也未能明白真正的溫柔到底具體是什麼模樣，又或者說，要做到什麼樣的程度才算是真正溫柔。可是，走在人群中，和世界較量拉扯的過程中，仍然會有很多心臟被強烈的暖意包圍著的時候，我想，我仍然不明瞭溫柔，卻能真真切切感受到溫柔。

原來溫柔是所有事。
當你心生溫柔的時候，就已經是個溫柔的人了。我終於不再因為一身傷痕和滿筐的悲傷而厭棄自己，我終於也明白了，自己身體裡某一個部分，甚至可以說是很多很多細碎的部分都在淺淺淡淡地懷有著影影綽綽的溫柔。只要我一天還嚮往著溫柔、熱愛著溫柔，我就不是一個一無所有的人。
這樣多好啊，我、你、我們。
晴天有掩，風中有聲，雨天有傘，雲裡有光，那些隱埋在人間縫隙裡的美好和閃亮，都是溫柔的隱喻，而你是一切溫柔的載體。

希望看到這裡的你，終究能夠明瞭自己的溫柔。
也終究能夠明白，或許世界真的不如我們想像中的溫柔，但是沒關係沒關係，我們自己能夠成為溫柔本身。願你偶爾悲傷卻不乏晴朗，願你柔軟並一生都朝向嚮往。

我很喜歡我很久以前寫在筆記本上的一句話：
永遠熱愛，永遠墜落於溫柔。

不朽
2020/03/29 17:08 TAIPEI

國家圖書館出版品預行編目資料

所有溫柔都是你的隱喻 / 不朽 著 . -- 初版 . -- 台北市：皇冠，2020. 05
面；公分 . --（皇冠叢書；第 4842 種）（不朽作品集；1）
ISBN 978-957-33-3535-1（平裝）

855　　109005045

皇冠叢書第4842種
不朽作品集 1

所有溫柔都是你的隱喻

作　　者—不　朽
發 行 人—平　雲
出版發行—皇冠文化出版有限公司
台北市敦化北路120巷50號
電話◎02-27168888
郵撥帳號◎15261516號
皇冠出版社(香港)有限公司
香港銅鑼灣道180號百樂商業中心
19字樓1903室
電話◎2529-1778　傳真◎2527-0904
總 編 輯—許婷婷
責任編輯—蔡承歡
美術設計—嚴昱琳
著作完成日期—2020年3月
初版一刷日期—2020年5月
初版三十五刷日期—2024年9月
法律顧問—王惠光律師

讀者服務傳真專線◎02-27150507
電腦編號◎569010
ISBN◎978-957-33-3535-1
Printed in Taiwan
本書定價◎新台幣399元/港幣133元